대 환난 소설

심약한 사람은 읽지 마십시오

송명희 소설 표

·**초판 1쇄 발행** 2004년 12월 17일
·**2판 4쇄 발행** 2021년 10월 10일

·**지은이** 송명희
·**펴낸이** 민상기
·**편집장** 이숙희
·**펴낸곳** 도서출판 드림북
·**인쇄소** 예림인쇄 **제책** 예림바운딩
·**총판** 하늘유통(031-947-7777)

·**등록번호** 제 65 호 **등록일자** 2002. 11. 25.
·경기도 양주시 광적면 부흥로 847, 양주테크노시티 422호
·Tel (031)829-7722, Fax(031)829-7723

·독자의 의견을 기다립니다.
·드림북은 항상 하나님께 드리는 책, 꿈을 주는 책을 만들어 갑니다

Chip

세상에는 두 가지 표가 있다

송명희 저

드림북

추 천 사

김 명 혁 목사

(강변교회 담임)

나는 송명희 시인의 시를 좋아한다.

송명희 시인의 시에는 깊은 영감이 흐르고 있기 때문이다.

주님을 향한 간절한 사랑이 배어있고 하늘과 통하는 숭고함이 나타나 있기 때문이다.

나는 송명희 시인을 좋아한다.

마음이 통하고 생각이 통하고 뜻이 통하고 영혼이 통하기 때문이다.

영계는 물론 세계를 바라보는 눈과 마음이 너무나 잘 통하기 때문이다.

그래서 우리는 서로를 향해 '애인' 이라고 부른다.

송명희 시인의 마음과 눈은 오직 주님과 오직 하늘을 바라본다.

송명희 시인의 시를 읽고 들으면 패니 크로스비의 찬송 시를 읽고 듣는 것 같다.

"세상과 나는 간 곳 없고 구속한 주만 보이도다."

"천사들 왕래하는 것과 하늘의 영광 보리로다."

송명희 시인의 소설 '표'는 이미 오래 전에 우리 주님이 예언하신 말세의 징조와 환난과 재림과 천국을 바라보고 조명하는 한 영혼의 애타는 호소와 탄식과 눈물로 엮어져 있다.

내가 학생 시절 신앙의 선배들로부터 듣던 '음녀' '환난' '아마게돈'이 다시 투영된다.

독일의 보수 신학자 피터 바이어하우스 박사는 말세에 나타날 적 그리스도가 세계를 정치 경제 종교적으로 하나의 조직(one world system)으로 만들려는 '유럽 연합'이 될 수도 있다는 견해를 소개했다. 그래서 나는 지금 세계를 하나로 통치하려는 미국과 이스라엘의 연합세력이 될 수도 있지 않겠느냐고 물었다.

처음 듣는 말이지만 주의 깊게 살펴보아야 할 것이라고 그는 대답했다.

지금 우리는 말세를 향해 달려가고 있다. 넓은 길과 좁은 길이 있을 뿐이다.

이마에 어린양의 인을 맞은 자와 짐승의 표를 받은 자가 있을 뿐이다.

그런데 이상하게도 상당수의 교회와 신자들이 넓은 길로 달려가는 것 같다.

정치 경제 종교적으로 하나의 세계를 이루려는 세력에 아부하는 것 같다.

송명희 시인의 소설이 우리의 무딘 마음을 깨우치는 계기가 되기를 바란다.

물론 이 세상 어떤 사람의 생각이나 깨우침, 입장이나 주장이 전적으로 옳을 수는 없다. 다만 우리는 서로 참고하고 서로 배워갈 뿐이다.

말세를 살아가는 우리 모두에게 하나님의 긍휼이 있기를 기원한다

추 천 사

최 종 민 목사

(한국섬선교회 대표)

내가 송명희 시인을 만난 것은 2000년 8월, 낮은 책상과 그 위에 있는 노트북 컴퓨터, 앉은뱅이 의자, 그리고 침구용 요 한 채가 펴져 있는 조그만 골방이었다.

송시인의 인생역정이 섬사람들의 그것과 너무 닮았다는 생각에 다큐멘터리 겸 신앙간증을 촬영하고자 하는 내 바람 때문이었다.

그때의 송시인은 많이 지쳐있었다. 비록 장애의 몸이었지만 여러 활동을 하고 있던 그녀는 이제 더 이상 몸을 지탱할 수 없을 정도로 허약한 몸이 되었고, 일체의 활동을 접은 지 2년째를 넘기고 있었다. 이날 이후 나는 석 달 동안 그녀의 사진을 찍었다. 섬에도 같이 갔다. 10여 세대이면서 교회가 없는 충청도의 조그만 섬이었는데 바닷가 언덕의 팽나무 그늘 아래에서 대여섯 명 앉아있는 섬사람들에게 송시인은 정성을 다하여 신앙간증을 풀어 놨다. 언제나 그렇듯 통역에는 어머니 최정임 권사이셨다. 사실 나도 두어 달이 지날 즈음에야 그녀의 말을 겨우 직감으로 알아차릴 뿐 자세히는 어머니를 통해서 듣고 있었다.

촬영 후 편집하는 내내 나는 우울했다. 잠시 손을 놓고 일어나 주변을 돌면서 감정을 추슬렀던 적이 여러 번 있었다. 몸 전체가 심하게 요동치는 혹독한 댓가를 치르고서야 그녀는 말 한 마디 할 수 있었다. 자동차 충돌 실험시 운전자의 목뼈가 부러질 정도로 뒤로 고개가 넘어가는 장면을 TV에서 보았던 그 모습대로 그녀는 말할 때 고개를 가누질 못했다. 한 문장을 어렵게 겨우 끝내고서야 앞에 있는 나를 쳐다보곤 했는데 그때는 이미 너무 고개가 흔들려 눈동자가 휑하니 나올 것처럼 보였다.

얼마 전 내게 이메일로 소설 원고를 보내왔다. 얼른 내용을 읽기보다 쓸데없는 걱정이 앞섰다. 이 많은 글을 쓰기 위해서 또 얼마나 많은 곤욕을 치렀을까? 사실 송시인의 타이핑은 독수리타법이다. 왼손의 가운데 손가락(장지)을 자판과 직각으로 세우고 나머지 네 개의 손가락은 새 날개처럼 활짝 편다. 지상의 목표물을 향해 내려오는 영락없는 독수리 모습이다. shift 키를 누를 때는 빨래집게와 같은 것을 이용해 해결한다. 오른손은 전혀 도움이 안 된다.

자음과 모음 하나를 정렬하는 것도 이렇게 어려운 그녀가 왜 이런 소설을 썼을까 하는 의문을 가져본다. 하나님께서 쓰도록 하셨기 때문이라는 것이 송시인의 대답이었다. 그녀는 글을 쓰면서 별로 지우지 않는다. 한 번 내리 쓰고서 그것으로 끝이다. 하나님께서 쓸 것을 보여 주셨기 때문에 수정할 필요를 별로 느끼지 않는다고 하였다. 이 책은, 하나님께서 기도와 묵상의 정도가 남달리 깊은 송시인에게 이 시대의 나태한 기독교인들을 깨우기 위해서 쓰게 한 것이 틀림없으리라 생각한다.

추 천 사

양 재 일 목사

(인도선교사)

이 책은 하나님을 존경하고 사랑하는 사람은 반드시 읽어야할 필독서 이다.

오늘날 같이 주님의 백성이 주님을 경외하는데 게을러지고, 세상의 안일 무사함과 편리주의 속에 빠져있는 주님의 백성들과 종교지도자들에게 주는 경고의 메시지이다.

"주의 재림이 언제 이루어지냐, 말세란 말은 이제 듣기 싫다. 언제부터 말세인데 아직도 그 구태의연한 이야기를 아직도 하느냐!' 라고 오늘날 많은 성도들이 주님의 재림을 의도적으로 회피하고 있다. 그러나 주님의 재림과 환란을 생각하기 조차 싫어하는 기독교인들에게 주님의 재림의 홀연히 이루어지므로, 깨어서 빈 램프에 기름을 채우라는, 예비하라는 경고를 주고 있다. 주님의 계획은 우리가 주님의 재림을 원하든 원치않든, 잊었든, 기억하든 주님이 실천하신다. 그리고 주님은 램프에 기름을 채운 성도들만을 혼인 잔치에 초대하시는 것은 성경에 분명하게 기록 되어있다.

그리고 이 책은 주님의 재림이 임박하고 있다는 사실을 시대적 징조를 통해 우리에게 알려주고, 영적으로 침체되어있는 한국 성도들에게 깨어서 기도 하여 주님의 재림의 때를 깨닫고 준비하자는 영적 각성을 촉구하는 책 이다.

사람들이 의지와 상관없이 주님은 재림하신다. 우리는 그 때를 모르고 있다. 다만 징조를 보아 알 수 있다. 깨어있는 자들만이 그 징조를 알 수 있다. 준비하지 않아 환란을 당하거나, 주님을 부인 하는 일이 있어서는 안 된다는 것을 강조하고 있다.

혼탁해진 사회, 세속화된 교회 그리고 깨어진 가정 속에서 많은 우리의 젊은이들이 방황하고 자신을 세상 속으로 내어던지고 있다. 그리고 타락의 길을 걸어가고 있는 이때에 이 책은 길을 인도 하는 새벽별과 같은 역할을 하고 있다.

소설을 집필한 동기

나는 1997년 미국 집회를 갔다가 미국에 대해 주시는 주의 음성을 들었고 그 후로 무리한 사역 활동으로 인한 목 디스크 증상에 따라 전신마비 중복 장애 질환을 앓고 있으면서 하나님이 마지막 때의 은밀한 징조를 알려 주셨다.

나는 매일 새벽과 낮, 수시로 깨어 있을 때마다 주의 음성을 들어 귀찮고 시달린다는 느낌마저 들 정도였으나 불안하거나 공포감은 없었다.

하루는 온 몸의 통증 때문에 밤잠을 못 자고 새벽녘에라야 안정제를 먹고 가까스로 잠을 자려고 하는데 주님이 내 옷깃을 잡고 흔들며 속삭이셨다.

"애야! 내 말 좀 들어봐라! 이야기 좀 하자!"

"나 자야 돼요, 제발 그만 좀 하세요!"

"아니, 넌 들어야 한다!"

그러시면서 계속 중복되는 내용의 음성을 들려 주셨고 소변을 보러 힘들게 아버지와 어머니를 대동해 화장실 변기에 앉았으나 소변은 안 나오고 주의 음성을 듣고 있노라면 화도 나고 짜증도 났다.

"고작 그거 알려 주시려고 사람 잠을 못 자게 해요! 다 알고 있는 사실을요..."

주의 끊임없는 음성대로 세상이 되어 가는 것을 보면서 놀라운 반면에 신기하기도 했다.

다니엘서와 마태복음 24장과 요한 계시록이 퍼즐처럼 맞춰지고 숨은 그림처럼 그 베일이 벗어지는 현실과 미래가 하나 하나 보여져서 숨막히는 기도를 하지 않을 수가 없었다.

방송에서 2004년이 길할 것이라는 역술인들의 말과는 달리 2004년은 참담하고 어수선할 것이라고 전했다.

갈수록 세상은 험악해지고 경제 난황도 벗어날 수 없으며 위장된 평화 또한 잠시 머물 것이나 그 후에는 큰 환난과 핍박이 있다. 지금은 환난이 이미 시작된 것이다.

그렇게 고민 끝에 그 진상을 써서 홈페이지에 올리기도 했고 주변 지인들에게 전해 본 결과 모두 당황하면서 천태만상의 답변을 듣고 상심도 컸으나 그 글에 동감하시고 힘을 실어 주시는 목회자님들도 많았다.

그 내용이 너무 직설적이고 충격스러워서 그 내용을 전할 방법은 소설밖에 없다는 생각으로 2003년을 보내고 2004년 1월 초에 시작한 작업 과정은 나름대로 비장했다.

"사탄이 앞으로 행할 그 간악함을 먼저 알게 하옵소서!"

쓰다가 소름이 온 몸에 돋고 심장이 멈출 것 같은 긴장감에 숨을 몰아 쉬면서 하루 서너 장씩 급속도로 집필해 1월 말에 마무리를 하게 되었고 늦은 봄쯤 출판하려 했으나 큰 파장이 우려되어 망설이다가 묻어 버릴 수 없어 조용히 용기 내고 출판하게 되었다.

내가 말하고 싶은 것은 인체 칩이라기보다 그 시스템을 조정하게 될 정권을 알리고 싶다.

전쟁을 부르고 지나친 기독교적 마인드로 예루살렘을 회

복하며 평화와 협상을 가장하는 절대 권력의 그가 적그리스도인 사실을 알리고 싶다.

"십 년이면 강산이 변한다!"는 말은 아주 옛 말이다.

"...많은 사람이 빨리 왕래하며 지식이 더하리라" (단 12:4)

빠른 왕래는 시간이 압축되어 천년 동안 될 일이 하루, 또는 1분에 다 되는 속도다. 따라서 역사도 빨라지고 압축되는 것이며 지식의 폭이 넓고 빨리 많은 것을 아는 뜻이다. 실로 천년 같은 하루를 살고 있다.

2004. 12. 10(목)

차 례

환난이 와도

환난이 와도 두려워 말라
환난에 겁내지 말라
십자가를 지신 예수님도 큰 고난 당하셨으나
고난당하는 이들의 본이 되셨다
다가오는 환난을 무서워 말라
만나게 될 죽음을 괴로워 말고
맛보게 될 슬픔을 슬퍼하지 말며
다 빼앗김에 마음을 두지 말라

웃는 게 다 기쁨이 아니며
우는 게 다 슬픔이 아니다
죽는 게 다 죽음이 아니며
사는 게 다 생명이 아니다

하나님은 슬픔으로도 기쁨으로 만드시며
하나님은 죽음으로도 생명으로 바꾸신다

1부

환난시대

적막한 도시의 허물어져 가는 건물 사이로 차가운 바람이 불어온다. 지는 해의 노을빛에 황금빛으로 물들어 가는 그 따사로운 온기에 아영은 움츠린 머리를 들어 하늘을 본다.

"모든 게 다 날아가 버렸어요! 이제 우리는 어떻게 살아야 하나요?"

아영은 넋을 잃은 듯 혼잣말로 중얼거리며 이리 저리 흩어진 쓰레기 더미를 과거 속 지난 삶의 흔적이라도 찾는 양 헤맨다. 그러나 손에 쥐어든 것마다 폐품뿐이다. 무거운 널판 속에서 희미하게 들려오는 소리를 찾아 아영은 파헤치기 시작한다. 소형 라디오를 발견한 아영은 자신의 귀에 서서히 갖다 대고 듣는데 라디오에선 앵커우먼의 뉴스 속보가 들린다.

"북한의 침공 테러 두 달째를 맞은 우리는 미 공군과 다국적군의 보호 하에 안정을 찾고 있습니다. 이제 북한의 공격은 더 이상 없고, 북한은 미국과 유엔의 지탄을 받아 고립과 처벌 형성을 면키 힘들게 되었습니다! 그리고 현재 우리나라는 별다른 소요 없이 평상시 생활을 되찾고 있습니다. 우리 국민의 여력을 보여주는 것입니다. 한편 미 첨단 과학국에서 시행되는 안전 칩에 대한 설명을 보도국 기자가 자세히 안내해 드리겠습니다!"

"국제 보도국입니다. 내일부터 시행되는 미, 유럽 첨단과학국(AUS)의 안전 칩은 그동안의 모든 개인 신상에 대한 노출을 막고 특히 신용 카드의 위조와 분실을 없애기 위한 안전 칩으로 현금과 카드 없이 쇼핑과 모든 거래가 편리하고 안전하게 진행되는 시스템입니다! 이 칩의 시행을 위해 그동안 많은 연구 실험 끝에 내놓는 다기능 안전 칩은 내일부터 각 관공소와 기관에서 접수를 받으며 칩 이식 시간은 10초도 안 걸립니다. 미 연맹국인 우리나라와 다른 나라에도 시행되는 이 안전 칩은 피치 못할 조치입니다! 뿐만 아니라 테러와 전쟁의 공포로부터 지키는 불가피한 조치임을 AUS는 언급하고 있습니다!"

"내일부터 시행될 안전 칩에 대해 일부 시민단체와 종교 기관에서는 인권 침해이며 종교적 문제가 있다며 거세게 반대 시위를 벌여 일부 관련자들은 중상을 입었습니다!"

아영은 라디오를 꺼 버리고 고개를 숙인 채 힘없이 중얼거린다.

"이제 우리는 어떻게 살아요? 하나님! 하나님!"

아영의 애원은 절규로 변하고 그 절규는 쓸쓸한 거리의 공허한 메아리로 돌아올 뿐이다. 아영은 서서히 정신을 잃어가고 지난 과거의 회상 속으로 들어간다. 아영의 시야가 흐려지면서 현실 감각이 사라져 간다.

아영은 놀이동산에서 인규를 만난다.

"인규 씨!"

"아영아! 왔냐!"

두 사람은 팔짱을 껴고 행복에 겨운 얼굴로 서로를 마주

보면서 데이트를 즐긴다. 둘은 놀이 기구를 타며 환호성을 지르고 즐거운 한 때를 보낸다. 간이 레스토랑에 앉은 두 사람은 햄버거와 콜라로 식사를 하는데 아영이 시계를 본다. 그런 아영에게 인규가 말한다.

"왜? 무슨 약속 있니?"

"아 아니! 그냥......"

"아닌 거 같은데? 나 말고 또 어느 녀석과 약속이라도 있는 거 아냐?"

"맞아! 어떻게 알았지?"

"야! 안 속는다! 누가 널 데려 가냐?"

"치!"

"빨리 먹고 영화 봐야지.......오늘 끝난다는데......."

"글쎄....... 나 오늘 교회 청년회 가야 하거든!"

"야! 넌 피곤하지도 않냐? 일주일 내내 일만 하다가 오늘 겨우 만나서 스트레스 좀 풀려는데 오늘은...풀로 있자!"

"요즘 일없이 노는 사람이 얼마나 많은데?.......그래, 알았어! 이 사탄아!"

"사탄? 좋다! 사탄이 천사를 유혹해 볼까? 음 으야야!"

두 사람은 극장에 들어가 팝콘을 먹으며 영화를 본다.

초저녁 아담한 성산 교회 안에서 최원철 목사의 당당한 설교 소리가 들려왔다. 젊고 패기 발랄한 최 목사는 청년회 회원 열다섯 명쯤 모아놓고 열정적인 설교를 한다.

"지금 우리는 큰 환난 시대에 살고 있습니다! 경제적 어려움과 각종 전염병, 날로 늘어나는 강력 범죄와 나라의 위기, 곳곳의 기근과 지진, 중동 전쟁과 평화를 가칭해 세계를 잡는 미국의 주도 세력! 이제 모든 것이 빨라질 것입니다. 다니엘 12장 4절에 이런 말씀이 있습니다. '많은 사람이 빨리 왕래하며 지식이 더하리라!' 빠른 왕래는 시간이 압축되어 천년 동안 될 일이 하루, 또는 1분에 다 되는 속도입니다. 따라서 역사도 빨라지고 압축되는 것이며 지식의 폭이 넓고 빨리 많은 것을 아는 뜻입니다. 정말 천년 같은 하루를 살고 있는 것입니다. 모든 것이 다 드러날 것입니다. 많은 사람은 적그리스도니 휴거니 짐승의 표니 이런 얘기를 하면 거부하고 부인하는데, 우리가 아무리 부인한다 해도 때가 다 된 것을 누가 막겠습니까? 눈을 감고 귀를 막아도 이런 기막힌 일들을 만날 것이고 앞으로 믿음을 지키기가 힘들 것입니다. 사람들은 여유 있는 생활을 원해도 때가 우리를 몰지요. 정신을 차리고 기도해야 됩니다. 우리 죄를 날마다 회개하고 토해내야 합니다. 사람이 먹기만 하고 배설하지 못하면 독소가 온 몸에 퍼져 큰 병이 되듯 죄에 익숙해진 오늘날 우리가 회개하지 않는다면 하나님은 우리를 더 이상 참지 않으실 것입니다. 아무도 모르는 죄를 예수님의 보혈로 씻어야 합니다. 자! 우리 찬양하며 우리의 죄를 고백합시다!"

모인 청년회 일동이 심각한 표정으로 찬양을 부르는 중에 한동희와 서지나, 나요셉 등은 눈시울을 적시며 찬양에 도취해 있는데, 한동일의 휴대폰이 울리자 주위의 시선이 동일에게 집중되고 동일은 휴대폰을 움켜쥐고 교회 밖으로 나간다.

"그래, 김희경! 그 새를 못 참고 전화를 걸면 어떡해!"

동일은 숨 졸이는 소리로 절절 멘다.

"내 동생 동희가 졸라 가지고 교회 왔어! 그래, 나도 웃기는 인간이지... 언제부터 맘 잡고 산다고 교회를 왔는지 몰라! 그래, 한 잔 하자구?......갈게! 간다구요. 알았어! 거기서 만나!"

동일이 담배를 안주머니에서 꺼내 물고 라이터를 켜 불을 붙이려 하는 순간 동희가 동일을 잡으며 부른다.

"오빠! 뭐 해! 곧 끝나!"

동일은 동희에게 끌려 들어가다가 머뭇거리면서 동희의 시선을 피하더니 도망가듯 사라진다.

"동희야! 미안해, 약속이 있어서……"

"오빠!……"

사라진 오빠를 아쉬워하며 동희는 자리를 뜨지 못한다.

압구정의 화려한 네온, 한 스탠드바에서 희경은 동일을 기다리고 있다. 동일이 오자 말투를 꼰다.

"언제부터 광신도가 되셨나? 덕분에 뭐 삼십분 쯤 기다렸지……"

"그러게 말야! 나 원…… 야! 너네 아빠도 목사잖아?"

희경은 시선을 돌려 술병을 들고 쓴웃음을 짓는다.

"술이나 마셔!"

동일은 술잔을 받아 마시며 빈정댄다.

"야! 넌 목사 딸이 이런 데서 술만 퍼 마시냐? 웃긴다!"

희경은 정색을 하면서도 감정을 누르며 말한다.

"그만해!"

동일은 비웃으며 계속 비아냥거린다.

"목사님 딸내미께서 이거 왜 이러시나?....."

동일은 희경의 뺨을 주무르며 말하는데 희경은 참다못한 나머지 동일의 따귀를 갈긴다.

"그래! 나 목사 딸이다! 그래서 교회 근처도 안 간다! 목사 딸이 이런데서 술 마시는 게 죄냐?"

희경의 보이지 않는 상처가 엿보인다. 희경은 감정을 삭이며 떠나 버린다. 동일은 무안해 하며 뺨을 만진다.

"미친년! 손힘은 죽여주네!"

동일은 헛웃음을 치며 술을 계속 들이킨다.

가로등 불빛이 있는 한 아파트 주차장에 인규의 차가 도착하고 아영과 인규는 차에서 내려 아쉬운 작별을 한다.

"오늘 좋았어! 인규 씨! 행복해. 나!"

"그랬냐? 거봐라! 내 말 듣길 잘 했잖냐?"

"그래, 인규 씨 말만 들을게!"

"그래? 그럼 아영이가 주는 차 한 잔 마시고 갈까?"

다가서는 인규를 밀며 아영은 속삭인다.

"이러지 마셔요! 운전이나 잘 하세요! 갈 길도 먼데……"

"에이! 가기 싫다!"

인규는 마지못해 차에 오르고 두 사람은 아쉬움으로 손을 흔든다. 인규는 차를 돌리고 아영도 돌아서서 아파트 입구로 들어가려는 순간, 인규의 시선이 라이트에 비친 아영을 보며 남자의 본능을 참지 못해 차에서 내려와 아영을 덮쳐 입을 맞춘다. 아영은 몸부림치다가 인규에게 안긴다. 두 사람은 아영의 작은 아파트에서 밤새도록 사랑을 나눈다.

아영과 인규는 새벽녘에 헤어진다.

김바울 목사는 주일 아침 아내 손순옥 사모와 식사를 마칠 무렵 희경의 피아노를 잠시 바라본다. 그런 손 사모는 김 목사에게 물 잔을 건네며 말한다.

"오늘 예배엔 희경이가 올 거예요. 그렇게 전화도 했는데 오겠죠!"

"올까?"

"그럼요! 우리 기도가 있는데요!"

"그래요! 당신 말대로 오겠지…… 오늘도 거룩한 주일 됩시다!"

"네! 가세요!"

"나부터 가요. 이따 봅시다!"

손 사모는 저는 걸음으로 남편을 배웅한다. 김 목사는 손 사모를 살포시 안아 주고 헤어진다. 손 사모는 다리를 절며 식탁을 치운다.

김 목사는 예배를 준비하는 집사들과 인사를 한 후 넓은 교회당 안으로 들어가 강대상 뒤에 꿇어 기도하기 시작한다.

"주여!"

인규의 오피스텔 앞에는 형사들이 대기하고 있다. 인규의 차가 도착하고 그가 차에서 내리자 형사들이 달려오고 순간 도망가는 인규와의 추격전이 진행된다. 얼마 못가 형사들이 인규를 붙잡는다.

"전인규 씨! 신용카드 위조 범행으로 영장이 발부되어 당신을 구속한다!"

반항하던 인규는 맥없이 경찰 순찰차에 끌려 들어간다.

김 목사는 주위를 둘러보며 설교를 마무리한다.

"기도는 모든 힘의 근본입니다! 기도를 하면 우리의 믿음이 올라가고 잃었던 사랑도, 감사도 회복하는 놀라운 힘이 있습니다! 기도는 모든 것의 열쇠입니다. 때가 악할수록 기도해야 합니다. 기도는 막연한 기다림이 아닙니다. 기도는 소망을 바라보는 비전입니다!"

김 목사의 시선이 손 사모와 마주친다. 그리고 김 목사는 기도를 한다.

"오늘은 잃은 양을 우리가 어떻게 찾고 어떻게 기다려야 하는지 알았습니다. 총동원 주일을 맞아 우리가 잃어버린 사람들을 찾게 하여 주옵소서!"

이때 희경이 은지의 손을 잡고 교회 안으로 들어와 뒤편 의자에 앉는다. 잠시 후 희경은 자리에서 일어나 피아노 앞으로 가 반주자 의자에 앉는다. 김 목사의 기도가 끝나자 희경의 능숙한 반주가 시작되고 김 목사와 모든 사람은 놀란다.

김 목사는 은지를 안고 사택 안으로 들어오고 이어 손 사모가 절며 희경을 끈다. 희경이 머뭇거리자 김 목사가 희경을 부른다.

"희경아! 어서 와라!"

"아니요! 난 그만 가 봐야 돼요!"

"좀 앉았다 가라! 자 앉아! 어서......"

"한 가지 말만하고 갈게요!"

"그래. 앉아서 말하자! 제발 좀 앉아라!"

희경은 김 목사를 외면한 채 소파에 앉는다. 김 목사는 반색을 감추지 못하며 은지를 소파에 앉힌다.

"희경아! 무슨 차 주랴?"

"됐어요!"

퉁명스런 희경을 보면서도 김 목사 내외의 반가움은 감출 수가 없다. 손 사모가 두 부녀를 보며 일어나려 한다.

"제가 식사를 좀 차릴게요!"

"나 길게 못 있어요!"

"그럼 차라도 가져올게!"

김 목사가 손 사모를 말린다.

"여보! 내가 할게요! 당신은 그냥 여기 앉아 있든지 방에 들어가 옷이라도 갈아입어요!"

"아네요! 목사님은 희경이랑 얘기 나누세요. 차는 제가 끓일게요!"

희경은 그런 김 목사 부부를 못마땅하게 보다가 입을 연다.

"나 이럴 시간 없어요!"

손 사모가 눈치를 살피며 일어난다.

"그냥 계세요! 제가 천천히 해 올게요!"

"괜찮겠어요? 그럼 조심히 주스나 들고 와요!"

"네! 그럴게요!"

손 사모가 주방으로 들어가자 희경이 헛기침을 내뱉으며 김 목사의 눈길을 피하며 말한다.

"저! 우리 은지 좀 부탁 드려요. 잠시 만요!"

"왜? 너 어디 가냐?"

"아실 거 없어요!"

희경은 싸늘한 말 한마디를 던지고 일어난다. 김 목사는 잡을 수 없다는 것을 알면서도 아쉬움으로 희경의 손을 잡고 있다.

"희경아!"

희경은 정색하고 김 목사를 증오의 눈초리로 쏘아보며 무섭게 냉소를 터뜨린다.

"내가 아버지나 하나님을 만나러 온 줄로 아세요? 아버진 내 마음에서 사라진지 오래고 하나님은 아예 없었어요! 오직 내겐 은지가 전부라고요!"

희경의 언성이 높아지자 주방의 손 사모가 더욱 긴장한다. 차 잔이 흔들리고 주전자가 떨린다.

"나에겐 하나님도, 아버지도 없어요!"

희경의 말이 끝나자마자 손 사모가 차 쟁반을 들고 오다가 넘어져 뜨거운 물이 손 사모의 허벅지에 쏟아지고 김 목사는 빨리 희경의 손을 떨구고 손 사모에게 간다.

"여보!"

손 사모는 아픔을 참으며 소리도 못 지르고 김 목사는 허둥댄다.

"아이고! 여보! 괜찮아요? 여보!"

"괜찮아요! 여보!"

손 사모의 허벅지는 뜨겁다. 김 목사가 치마를 올려서 수

건으로 물을 닦고 열을 식혀 안아 소파에 앉힌 후 깨진 차잔 조각을 치우는데, 그 광경을 희경은 한심한 듯 내려다본다.

"이래서 내가 이 여자와 같이 못 살게 했잖아요!"

김 목사는 그 말을 듣는 순간 딸을 향해 무거운 시선을 보낸다.

"좀 여자 구실 할 줄 아는 여자와 사세요!"

김 목사가 일어나 감정을 누르며 말한다.

"희경아! 엄마에게 사과해라!"

희경은 은지를 안으며 치를 떤다.

"누가 엄마예요?"

김 목사는 다시 주저앉아 바닥을 치우며 차갑게 말한다.

"애는 두고 가거라! 은지를 맡길 생각 아니냐?"

희경은 자신이 지나친 줄을 알면서도 아버지와 손 사모를 받아들이기에는 너무 늦어버린 듯 깊어만 가는 골을 느낀다. 희경은 힘없이 은지를 내려놓는다.

"오래 걸리진 않을 거예요!"

희경은 모멸감을 피하기 위해서라도 그 자리를 떠날 수밖에 없다. 그런 딸의 마음을 잘 알기에 김 목사는 노여움보다는 서글픔이 밀려든다.

아영은 침대에서 허우적거리며 잠을 깨고 있는데 날카롭게 전화벨이 울린다. 전화기를 끌어다가 수화기를 잡고 쉰 소리로 말한다.

"여보세요! 네, 목사님!"

아영은 멋쩍은 목소리로 몸 둘 바를 모른다.

"네, 목사님! 어제는 좀 일이 있었어요!...... 네? 오늘이요? 오늘밤엔....... 거기요....... 네! 알았습니다. 네! 이따 뵐게요. 네!"

아영은 힘든 한숨을 몰아쉬며 전화기를 밀쳐 버리고 일어나 화장실로 향한다. 샤워를 한 후 습관적으로 TV를 켜고

머리를 말린다. TV에서는 안전 칩에 대한 뉴스 보도가 나온다.

"연구 실험 중인 이 칩은 곧 모든 인류에게 시행된다고 합니다. 그동안 각 개인의 증명을 확인하는 주민등록증과 운전 면허증과 각종 자격증과 모든 신용 카드를 가지고 다닐 필요가 없게 되었습니다. 빈손으로도 쇼핑과 관공서 출입이 가능해져 보다 편하고 안전한 생활을 위해 개발한 것으로 국가를 알리는 번호와 개인 생년월일과 거주 지역 기호와 개인 신용 등급을 나타내는 번호와 은행 구좌와 끝으로 이 모든 기능을 푸는 비밀 번호가 축소되어 머리카락 십분의 일보다 더 가늘게 압축되어 손이나 이마에 투입되는데 자극은 전혀 없다고 합니다. 이 칩만 있으면 쇼핑으로부터 병원 수속과 해외여행까지 할 수 있다고 합니다. 곧 시행되는 이 칩에 대한 찬반 여론이 집중되어 종교계에선 서명날인도 실시되어 조용하지는 않습니다만 정부 정책을 막을 수는 없을 것으로 보입니다!"

아영은 머리를 말리며 뉴스에 집중하게 된다.

"지금까지 사용되었던 신용 카드는 분실 사고가 많고 특히 빈번한 불법 위조와 사기 등 그 범행 수단이 다양해져 안심할 수가 없습니다. 오늘 아침에도 타인의 카드로 수억 원을 유흥비로 써 버린 전 모 씨를 연행해 수사 중에 있습니다!'

아영은 뉴스 화면에 범인으로 비춰지는 인규를 보자 소스라치게 놀라 드라이기를 떨어뜨린다. 아영은 TV 화면을 만지며 믿을 수 없다는 듯 고개를 흔든다. 아영은 인규의 휴대폰으로 전화를 걸지만 받을 수 없다는 신호음만 들릴 뿐이다. 아영은 극도의 불안을 이기지 못하며 여기저기에 전화를 건다. 그러나 인규의 행방은 알 수가 없다. 아영은 다시 인규의 휴대폰으로 전화를 걸어 음성 메시지를 남긴다.

"인규 씨! 나 아영이야! 뉴스에 인규 씨 닮은 사람 나왔는데 아니지? 아닐 거야! 지금 어딨어? 그거 아니지? 누가 인규 씨와 똑같은 옷 입은 거야! 그래, 내가 잘못 본 거야! 그거 아닌 거야! 연락해! 꼭......."

아영은 갑작스럽고 뜻밖의 미확인된 일로 혼란스러워 밖으로 나가 정처 없이 달린다. 정신없이 달리다 보니 자신도 모르게 성산 교회 앞에 이르렀다. 아영은 이 충격에서 벗어나고 싶다는 생각에 교회 문을 열고 뒷자리 의자에 풀썩 앉는다. 최원철 목사와 청년회 회원들의 시선이 아영에게 집중되고 최 목사가 아영 옆에 다가오지만 아영은 넋이 나간 듯 초점이 없는 눈으로 교회 안을 둘러본다.

"아영 자매! 무슨 일 있어요?"

"......아니요!"

아영은 제 정신이 아닌 양 질린 얼굴로 대답을 건성으로 하고 일어나려는데 최 목사가 아영의 손을 잡고 기도를 한다.

"평강의 주님! 아영 자매가 지금 우리는 알 수 없는 불안에 잡혀 있습니다. 그 불안한 마음에 평안을 주옵소서! 어떤 일이 있어도 근심치 말라 하신 주님의 평안으로 아영 자매 마음을 주장해 주옵소서!"

최 목사의 간절한 기도가 시작되자 아영의 울음보가 터져 나오고 차츰 정신을 가다듬어 간다. 아영이 평정을 되찾자 최 목사의 기도가 끝나고 최 목사는 강단에 서서 설교를 한다.

“모든 것에는 다 끝이 있지요! 아무리 길고 먼 기차 철로도 종착역이 있듯이 세상의 끝도 반드시 있습니다! 지금이 바로 세상 끝자락입니다!”

주위가 고요해 진다. 어느 누구가 이 무거운 압박감을 뚫고 이 긴장된 분위기에서 자유로울 수 있겠는가? 이 심각함을 애써 피하고 싶지만 결코 부인할 수 없음을 모두 잘 알고 있다. 그래서 숨조차 크게 쉬는 사람이 없다. 최 목사는 그런 젊은이들을 주시하며 침착한 어조로 말을 이어 간다.

“요즘 늘어나는 실업난과 갈수록 악해져 가는 사회와 북미의 심각한 문제들 속에서 우리는 하나님이 지켜 주지 않으시면 하루도 마음 놓고 살 수가 없습니다. 엊그제는 미국이 이스라엘의 예루살렘 성전 터를 유태인에게 찾아줘서 성전을 짓고 있어 많은 교회들이 축복하며 기뻐하고 있지만 그 일은 또 다른 재앙의 시작입니다. 하나님께서 우리에게 주시는 축복의 예루살렘은 이 세상의 화려한 성전이 아니라 예수 그리스도를 통해 들어가는 하나님 나라입니다!”

모두 최 목사의 설교에 귀를 기울이고 있지만 아영은 여전히 인규에 대한 불안한 느낌뿐, 아무 소리도 들리지 않는다.

"머잖아 전자 칩을 찍으라고 할 것입니다. 요즘 신용카드의 문제를 없애기 위해 만들었다는 다기능 안전 칩은 666 짐승의 표입니다. 요한계시록 13장 17절과 18절에 '누구든지 이 표를 가진 자 외에는 매매를 못하게 하니 이 표는 곧 짐승의 이름이나 그 이름의 수라 지혜가 여기 있으니 총명 있는 자는 그 짐승의 수를 세어 보라 그 수는 사람의 수니 육백 육십 륙 이니라.' 세상에는 항상 두 가지가 공존하지요. 선이냐 악이냐, 멸망이냐 영생이냐, 예수냐 사탄이냐 처럼 앞으로는 이 짐승의 표와 어린양의 표가 우리를 나눌 것입니다!"

아영은 신용카드 얘기와 방송에서 본 안전 칩이 짐승의 표라는 최 목사의 말을 듣자 감전이라도 된 사람모양 소스라치게 놀라 밖으로 뛰쳐나간다. 아영을 지켜보던 동희가 아영을 따라 나가서 떨고 있는 아영을 잡는다.

"아영아! 너 왜 이러니? 무슨 일 있니?"

"나 너무 무서워! 동희 언니! 나 어떡해? 우리 인규 씨가 신용카드 위조해서 경찰서에 있나봐! 뉴스에 나온 거 봤어!"

"뭐? 아니겠지, 네가 잘못 본 거 아냐?"

"아니! 틀림없이 맞아, 인규 씨 실직한지 육 개월도 넘는데 돈을 막 쓴다 했더니....... 나 갈게!"

"같이 가자!"

"그냥 혼자 갈게!"

"너 혼자 다니다간 쓰러져. 같이 가자!"

흐느끼는 아영을 동희가 안고 길을 나선다.

최 목사는 흔들림 없이 설교를 계속한다.

"여러분이 대수롭지 않게 생각하는 것에 멸망이 있고 구원이 있습니다. 그 칩은 받아도 괜찮은 그런 것이 아닙니다. 지금 우리나라 교회들은 그 칩의 출연을 막기 위해 서명 날인 운동도 벌이고 정부에 그 칩의 사용을 반대하는 목사님들도 계신 반면, 어떤 목사님들은 그 칩의 사용에 아무 상관이 없다지만 속지 마십시오! 그 칩을 받고 나면 자신도 모르는 사이 타의에 의해 조정을 받고 자신의 본성을 잃어가게 될 것입니다!"

진지한 젊은이들 속에서 동일은 딴전을 피운다. 부인하고 싶은 것이다. 동일은 일어나 밖으로 나가 먼 산을 보며 헛웃음을 짓는다.

"웃기네! 내가 이래서 교회를 안 온다니까……"

동일은 어슬렁거리며 밤거리 속으로 사라져 간다.

아영과 동희는 수소문 끝에 인규가 잡힌 경찰서에 도착했다. 수갑을 차고 조사를 받는 인규와 그의 어머니 모습이 보인다. 아영은 그런 인규를 발견하자 눈물부터 나온다.

"인규 씨! 이게 뭐야!"

인규는 숙인 고개를 들어 아영을 보더니 다시 고개를 숙인 채 말한다.

"뭐 하러 왔냐?"

인규 어머니가 인규를 치며 복창을 터뜨린다.

"이 노마야! 이게 우째된 기고? 아이고오! 이 노무 자슥아!

죽으라! 마!"

아영은 조사 중인 형사에게 사정한다.

"이 사람이 잘못했지만 처음이잖아요. 선처해 주세요!"

형사가 책상을 친다.

"아가씨들은 가요! 아주머니도 그만 가세요!"

"초범이에요! 네? 형사님!"

"이건 남의 카드를 위조한 거요! 게다가 수십억을 해 먹어서 한 십 년 썩을 걸!"

형사는 인규를 끌고 유치장으로 향하고 아영과 인규 어머니는 울먹이며 인규를 부른다.

성산 교회의 부목인 최 목사가 청년회 일행과 교회 안에서 나오는데 담임목사인 방용범 목사와 마주친다.

"최 목사님! 나 좀 봅시다!"

"예! 목사님!"

방 목사는 최 목사를 데리고 교회 안으로 들어간다. 마치 고용주가 사원을 보듯 방 목사는 최 목사를 그렇게 본다. 아주 강압적인 억누름이 있다.

"내가 그동안 쭉 지켜봤는데, 어린애들 모아놓고 뭐 하는 짓이야! 그렇게 애들을 선동하면 안 되는데……"
"선동이 아닙니다!"
"내 말 들어! 적당히 해야지…… 누군 이 때를 몰라서 잠잠한 줄 아나? 내가 몇 번 주위를 줬지……이렇게 당회장인 나와 뜻이 같지 않으면 별수 없지……"
"예! 알겠습니다. 제가 물러나죠!"
"한 달간 말미를 줄 테니 정리합시다!"

방 목사는 최 목사를 말없이 보는데 그 무거운 침묵으로 인해 최 목사는 그 무게에 꼼짝 못한 채 간신히 서 있을 뿐이다. 방 목사는 위풍당당하게 헛기침을 내뱉으며 나가버린다. 최 목사는 방 목사가 나가자 쓰러지듯 주저 앉아버린다.
"하나님! 이 교회를 고치소서!"

대형 극장식 레스토랑에서 희경의 화려한 피아노 연주

실력에 사람들은 브라보 환호를 보낸다. 희경은 술잔을 받으며 취해버리고 싶어 한다. 남자들의 손길이 희경을 건드린다. 희경은 흐느적거리며 뿌리친다.

"이거 놔! 이러지 말라구……"

"왜 이래? 이리 오라구……"

"난 너희들관 안 놀아!"

"이거 왜 이러시나? 우리 같은 놈들과 안 놀려면 유명 피아니스트가 이런 데는 왜 왔지?"

"내가 돈 벌려고 온 거지 당신들 술 시중하러 온 건 아니니까……."

희경의 그 말을 듣자 한 사내가 품속에서 수표를 희경에게 들이민다.

"돈? 돈은 내가 얼마든지 주지. 나와 하루만 같이 합시다!"

"난 이런 돈은 필요 없어! 난 정당한 돈만 받아!"

"정당한 돈? 하루 밤 같이 해 주고 받는 돈도 정당하지 않나?"

희경이 그 수표를 허공에 날려버리자 주위가 산만하다. 희경이 비틀거리며 밖으로 나가려 하자 그 사내가 희경의 어깨를 감싼다. 희경이 몸부림치자 사내는 희경을 희롱하려 한다. 술손님 중에서 동일이 나타나 희경을 사내 손에서 빼내 밖으로 뛰어나간다. 두 사람은 벅찬 숨을 몰아쉬며 걷다가 땅바닥에 주저 앉아 버린다.

"야! 너 오늘 나 아니였으면 일 치를 뻔했다!"

"웃기네! 같은 인간이잖아! 너도……"

"난 아니지……"

"내가 누굴 믿어!"

"날 믿으라고……"

아영은 동희와 아영의 아파트로 들어온다. 힘없이 아영이 쓰러지자 동희가 포근히 안아준다.

"아영아! 힘내!"

"언니! 난 인규 씨가 정말 그런 사람인 줄 몰랐어!"

"곧 풀려나올 거야! 니가 힘을 내야지……. 이런 환난 시에……. 그리고 사람들이 다 인규 씨를 이해 못해도 넌 인규 씨를 위해 기도해줘야지! 그 죄부터 보지 말고……"

"과연 그래야 할까? 그에 대한 신뢰가 깨져버렸어! 그리고 그런 사람이 싫어져! 어제의 모든 일이 환멸스럽고 내 자신에게 한없이 부끄러워!"

"흔들리지 마! 바로 너와 같은 어려운 시험 속에서도 그 사람을 조금이라도 좋아한다면 의심치 말고 기도해! 기도는 모든 환난을 이겨내는 힘이야!"

"기도해 줘, 지금......."

"모든 것을 주관하시는 하나님! 지금 아영의 마음을 붙들어 주소서! 지금 우리는 큰 환난 시대에 살고 있습니다! 경제난과 전쟁의 위기가 사람들을 힘들게 합니다! 그런 중에 사랑하는 형제가 범죄 함으로 인해 아영이가 슬퍼합니다. 분노와 배신감에 괴로워합니다! 아영의 마음에 하나님을 믿는 믿음과 형제를 위해 기도할 수 있는 은혜를 주옵소서! 아영을 지켜 주옵소서! 믿음으로....... 십자가에 못 박히신 예수님만 믿는 믿음으로 사는 아영 자매가 되게 하소서! 예수님의 이름으로 기도합니다. 아멘!"

"아멘! 고마워! 언니......."

세상은 하루가 다르게 험난하게 변해간다. 큰 자는 더 커지고 작은 자는 더 작아진다. 있으면 더 넘쳐나며 없으면 있는 것마저도 빼앗겨 있는 이들에게 모든 것이 다 가버려 그 떨어지는 부스러기에 배를 채우려 목말라 한다. 불평등을 외쳐대면서 나누자고 말은 하지만 나누는 것은 지푸라기일

뿐이다. 그래서 착취와 강탈, 지식과 돈으로 매수하는 세상, 힘으로 억압하는 세상이 되어 간다. 힘이 법이고 돈이 법을 이긴다. 힘이 있는 자들은 부드럽게 웃음 지으나 힘없는 자들은 목 놓아 울고 울어도 듣는 귀가 없어진다. 이것이 환난이다.

급기야 일이 터지고 만다. 여의도에 미사일 한발이 날아와 그곳의 가장 높은 빌딩이 무너져 내리고 국회 의사당과 공중파 방송사들이 날아가 버리고 한강의 모든 다리가 끊겨 한강 물은 피바다가 된다. 눈 깜짝할 사이 세상이 지옥이다. 비명 소리와 불타는 광경을 그 무엇으로도 형언할 수 없다. 삽시간에 모든 공기가 독가스로 변하고 여기저기서 가스 폭발과 전기 누전으로 폭발과 화재가 잇따르고 조각난 사람들의 사체가 쌓인다. 어디에도 돌출구가 없는 지경에서 생존자들은 아비규환으로 밀치고 깔려서 죽어 간다. 사이렌 소리와 공군의 비행기 소리가 온 천지를 뒤덮는다. 생존 본능에 모든 사람은 이성을 잃고 미치광이가 된다. 길마다 차들은 꽉 차서 충돌 사고가 이어지지만 앰뷸런스나 소방차, 경찰차 따위는 보이지 않는다. 사람들은 오염된 공기로 쓰러지고 얼마 후 무장 군인들이 나타나 주위를 살피며 혼란을 잡으려 하나 두려운 공포에 사로잡힌 도시를 보자 그들도 정신없이 총탄을 난사한다. 산소마스크를 착용한 소방관과 의료진들이 생존자와 부상자를 찾지만 온통 신음 소리와 연이은 폭발로 걷잡을 수가 없다. 천국과 지옥이 순간에 바뀐 것이다. 사고에 사고가 따르고 남아 있는 빌딩과 아파트는 주저앉거나 흔들린다. 각 지하도마다 밀려드는 인파에 깔려 사상자가 늘고 이성과 질서가 순간에 사라져 버린 세상! 과연 누가 이 험난하고 꿈같은 세상을 돌릴 수가 있을까? 그 막연하고 간절한 기다림은 시작되었다.

부르시네

하나님이 부르시네
이 사람은 이렇게
저 사람은 저렇게

하나님이 부르시면
일을 하다가도 가야 되고
자다가도 깨야 하고
머물러 있고 싶어도 떠나가네

하나님이 부르실 때
일을 버리고 집을 떠나서
그가 지명하신 곳에 이르러
그가 시키시는 일을 해야 하네

하나님이 부르신 이들은
세상이 미워하고 원수가 되어도
변하지 않으며
그 믿음을 막지 못하네

하나님의 자녀로 부르신 사람들
빼앗겨도 잃지 않고
육체는 죽여도 그 영혼은 영생하네

2부

부르심을 입은 사람들

테러 후 두 달이 지났으나 그 참혹함에서 벗어날 수가 없다. 사체들 인명 파악은 전혀 되지 못한 채 무너진 건물들이 치워지고 임시 방송과 정부 및 사무 기관이 대처하며 미국과 유엔의 보조를 받아 수습이 되어 가지만 아직도 상황은 걷잡을 수 없다. 인심이 흉융하고 겁탈과 강포가 판을 치나 무법과 힘이 세상을 사로잡는다. 경제는 위축되고 국가적 최고위기를 맞아 6,70년대로 퇴보하느냐 위기를 헤쳐 나와 다시 회복하느냐의 갈림길에 놓여 있다.

어느 종합 병원 앞마당에 널린 사망자 속에서 초췌해진 몰골의 동일은 무엇인가를 찾아 헤맨다. 동일은 쪽지와 시체 번호를 번갈아 보며 찾다가 한 곳에서 동일의 시선이 멈춘다. 동일은 번호 확인을 거듭한 후 썩어 가는 시체를 부둥켜 안고 울부짖는다.

"동희야! 아이구! 너냐? 너 맞냐구?"

동희의 소지품 중 하나 뿐인 작은 성경책을 펴 한동희라는 이름을 보고 동일은 풀썩 힘없이 쓰러져 혼잣말을 쉬지 않는다.

"동희야! 네가 이렇게 가다니....... 믿을 수가 없다! 그렇게 믿던 네 하나님이 너 하나 지키지도 못하더냐? 너 하나 그 재앙에서 빼내지를 못했다! 그런데 넌 뭐가 좋다고 끝까지 하나님을 잡은 거냐? 아무 것도 못하는 하나님을 믿은 거야!"

동일은 성경을 쥐고 찢어버릴 듯 하면서도 찢지 못한 채 성경을 동희의 가슴에 넣어준다.

"그래! 끝까지 함께 가라!"

먼지가 날리는 김 목사의 사택은 사람의 체취가 사라진 지 오래인 것 같지만 건물은 그대로 있다. 현관문이 열리고 희경이 들어와 두리번거리며 외쳐 부른다.

"아버지! 은지야! 누구 없어요?"

희경이 방마다 열어보며 불러 봐도 인적은 느낄 수 없고 불안감이 밀려든다. 희경은 초조한 안색을 감추지 못하고 이곳저곳을 보고 또 보지만 인기척은 없다. 희경은 불안함에 몸을 떨며 자신도 모르게 눈을 감고 중얼거린다.

"누구 없어요? 이건 꿈이야! 우리 은지……. 안 돼! 안돼요! 도와줘요!"

불길한 두려움에 잡힌 희경은 도저히 그 자리에 있을 수 없어 밖으로 뛰쳐나가고 만다.

아영은 의식을 희미하게 찾는데 온통 신음 소리와 의사, 간호사들의 쑥덕이는 소리가 들리고 시야가 아른거리면서 메케하고 코를 쏘는 소독 약 냄새로 매스꺼워 온다.

"여기가 어디죠? 여기가 어딘가요?"

아영이 물어봐도 대답해 주는 사람이 없다. 아영은 힘을 다해 일어나려 하지만 몸이 태산처럼 무거워 허우적거릴 뿐이다. 속이 울렁거려 구토를 하는데도 누구 하나 아영을 돌아봐 주지 않자 아영이 있는 힘껏 소리 지른다.

"나 좀 봐요!"

분주한 의사와 간호사가 아영의 울부짖음에 순간적으로 놀라지만 여전히 분주한 일손을 놓지 못한다. 잠시 후 의사가 간호사에게 고개 짓을 하자 간호사가 아영에게 온다.

"뭔데요?"

퉁명스런 간호사의 태도에 놀라 아영은 겁에 질려 말을 못한다.

"난 바빠요!"

"여기 어디지요?"

"여긴 병원이고 환자는 구급차에 실려 와 검사 결과는 경한 가스 중독에, 영양실조에, 임신 두 달이고 환자 말고도 중환자가 넘쳐요! 링거 한 병 맞았고 의식도 돌아왔으니 이제 퇴원해도 되겠네요!"

간호사의 빠르고 냉정한 말에 아영은 정신이 없어 그 한마디 한 마디 말을 되새겨 생각해 보다가 소름이 온 몸에 돋아 온다.

"뭐라고요? 임신이요?"

아영은 정신이 번쩍 나 자신도 모르게 일어난다. 그리고 주위에서 쓰러질 듯 끔찍한 광경을 본다. 머리에 구멍이 나 한 쪽 눈과 이마가 없는 사람, 온 몸의 피부가 부풀어 올라 우주인 같은 사람, 상체의 가죽이 벗어져 피투성이인 환자, 사지가 없이 피만 철철 흘리는 환자와 장기가 돌출해 숨만 헐떡이는 사람들을 보자니 그 끔찍하고 처참한 광경에 심한 구역질이 나고 무서워 도저히 그 자리에 있을 수 없어 비명을 지르며 병실 밖으로 뛰쳐 나간다. 악몽과 같은 광경에 온 몸을 떨며 발악해 보지만 깨이지 않는 이 악몽이 더욱 길고 무서워질 것 같은 예감에 더 큰 불안을 느낀다. 병원 복도와 층계에 까지 신음하며 누워 있는 환자들의 처참함이 지옥을 연상시킨다. 뜻밖의 임신과 인규에 대한 분노와 서글픔, 그 행방을 알 수 없는 불안감과 처참한 현실이 아영의 영혼을 흔들어 이 악몽에서 도피하고 싶다. 흐느적거리며 병원 로비에 내려와 병원비를 계산하려다가 다시 한 번 놀라고 만다.

"병원비 결제를 현금으로 하시겠습니까? 카드로 하시겠습니까? 신형 안전 칩으로 하시겠습니까?"

아영은 '칩' 이란 말을 듣고 심한 현기증을 느끼며 쓰러질 듯 서 있다. 충격에 충격이 더하고 자지러질 듯 한 공포에 질려 온 몸의 온기는 사라지고 얼굴은 하얗게 변해 버린다. 아영은 가까스로 지갑에서 현금을 빼 건네주고 재빨리 나간다.

요셉과 지나 및 성산 교회 청년회 일행은 훼손된 교회 건물을 수리한다. 최 목사가 선봉에 서서 돕는다. 호들갑을 떨며 한바탕 난리들이다. 어수선한 세상을 그래도 밝게 바꾸려는 젊은이들의 열정이 세상을 녹이는 듯 햇살이 따뜻하게 비춘다. 흥얼거리며 찬양도 하고 실수도 연발해 웃음꽃이 핀다. 세상의 어둡고 우울한 상황이 모두 사라진 것처럼 이들의 웃음이 서로에게 힘을 북돋아 준다.

"야하! 전보다 더 멋져요!"

"그럼 화가 복이 된 건가?"

"이를 두고 합력 하여 선을 이루심이지..."

"요셉 오빤 늘 그렇게 목사님처럼 말을...하여간 못 말려요!"

"내가 뭘? 괜한 사람 잡네!"

"우리 찬송하며 일 합시다!"

"좋아요! 목사님!"

주의 말씀 듣고서 준행하는 자는 반석 위에
터 닦고 집을 지음 같아/
비가 오고 물 나며 바람 부딪쳐도 반석 위에
세운 집 넘어지지 않네/
잘 짓고 잘 짓세 우리 집 잘 짓세 만세 반석
위에다 우리 집 잘 짓세

모두 흥에 겨워 젊음의 생동감을 느낀다. 세상이 아무리 고달프고 흔들려도 왠지 이들은 요동치 않는 바위처럼 제자리를 지킬 듯이 든든해 보인다. 이들은 세상을 이기고 여러 가지 난관을 과연 뛰어넘을 수 있을 것인가? 세상이 당치 못할 사람들이길 서로가 바라는 마음 간절하다. 그런 간절함이 자신들을 묶는 의지가 되고 줄이 된다.

한 낮인데도 살벌한 도시를 희경은 정신없이 길을 활보한다. 김 목사와 은지의 행방을 찾아 헤매다가 행낭 객들의 공격을 당한다.

"뭐야!"

"돈이 필요하다! 카드도 내놔!"

"그래, 준다! 난 살아야 한다! 내 몸엔 손대지 마!"

"웬 말이 많아! 씨!"

"놔! 놔 줘! 니들 필요한 거 다 가져!"

희경의 지갑을 털던 그들은 희경의 몸을 겁탈한다. 마치 굶주린 늑대들이 먹이를 찢듯 희경에게 달라붙어 가슴을 더듬고 성추행을 가한다. 희경의 날카로운 비명에도 누구 하나 상관하는 이가 없다. 모두가 제 몸 하나 추스르기 바쁘다. 희경이 정신을 잃자 그 미친 늑대들은 먹이를 다 먹은 양 또 다른 먹이를 찾아 등을 돌린다. 찢어진 옷 사이로 비춰는 살에는 피가 흐른다. 지나가는 사람들마다 신음하는 희경을 힐끔힐끔 보며 그냥 갈 뿐이다.

"도와줘요! 살려줘요!"

저만 치서 동일이 흐느적거리며 다가온다. 동일도 자신의 감정을 억제하지 못한 채 울먹이며 희경을 지나치려다 그녀의 신음 소리를 알아듣고 희경을 살펴본다.

"희경아! 이게 어떻게 된 거야?"

아무 말 없이 신음하는 희경을 둘러업고 동일은 달린다. 어디인가 있을 예전의 평온을 찾아서 뛴다. 동일의 발이 빠르다.

성산교회 청년들이 교회 건물 고치는 일을 마무리 한 후 신바람이 나 환호성을 지르고 기뻐하는데 방 목사가 가만히 끼어든다.

"아이고 교회 고친다고 애 썼다들!....."

"예! 목사님 오셨어요!"

"애는요? 우리가 우리 교회 고치는데요!"

"최 목사님은 사임하신 분이 타 교회 청년들과 이래도 됩니까?"

"아직 교회가 정해지지 않아서요. 죄송합니다!"

요셉이 침착하게 입을 연다.

"우리가 좀 힘을 얻기 위해 목사님을 모셨습니다!"

방 목사는 요셉의 말을 들은 척도 않은 채 돌아선다.

"최 목사님! 나 좀 봅시다!"

"예! 그러시죠!"

두 목사가 사라지자 갑자기 냉기가 돈다. 모두가 힘이 빠지고 잠시 침묵이 흐른다. 요셉이 애써 분위기를 바꾸려고 한다.

"자! 우리 이러지 말고 청소나 합시다!"

"오빤 청소하자는 그런 말이 나와? 지금?......."

"청소나 하고 가자!"

"남자들은 다 여유만만 하지. 하여간......"

지나는 애교스런 불평을 하면서도 요셉의 말을 들어 준다. 걸레를 빨아 구석구석을 닦는다. 청년회 회원들이 이렇게 청소를 마칠 무렵에 동일이 희경을 업고 허우적거리며 들어온다. 모두 놀라 동일에게 다가가 희경을 내린다.

"동일이 형!"

동일이 말없이 쓰러지자 지나가 물 컵을 건네며 물어 본다.

"이 여자는 누구죠? 동희 언닌 어떻게 됐어요?"

동일은 물 한 잔을 다 마시고 깊은 슬픔에 빠져 멍하니 벽만 보다가 소리 내어 운다.

"왜 그래요? 형! 말 해 봐요?"

"우리 동희 갔어! 시립 병원에서 찾았어!"

동일의 그 말을 듣는 순간 모두 깊은 슬픔에 잠기고 여자들은 흐느껴 운다. 모두가 침울한 가운데 요셉이 소리친다.

"하나님이 동희를 부르셨습니다! 우리도 다 하나님이 부르시면 가야 합니다!"

요셉이 말을 마치기도 전에 동일이 요셉의 멱살을 움켜쥐고 울분을 토한다.

"임마! 네가 뭘 알아?"

요셉은 그대로 동일에게 휘둘린 채 얻어 맞는다. 동일은 힘을 다해 요셉을 치지만 이미 지친 상태로 화풀이를 하는 것이다. 동일은 쓰러져 말문을 닫고 만다. 동희의 생사에 대한 막연한 희망이 사라진 그 허무함이 동일을 주저앉게 만든 것이다.

그런 와중에 최 목사가 들어와 동일의 손을 잡고 기도한다.

"우리를 부르시는 하나님! 동희 자매, 우리가 사랑했고 우리와 모든 것을 함께 했던 동희를 하나님께서 부르셨고 동희는 부르심을 입어 동희의 자리는 비어 있습니다! 그러나 그 부르심을 아무도 거역할 수 없습니다. 피할 수 없는 부르심을 우리도 곧 만날 것입니다. 이제 한동일 형제를 동희를 대신해 부르셨으니 그 슬픈 마음을 위로하시고 흔들리는 믿음을 붙잡아 주옵소서! 우리가 잡아야 할 분은 주님뿐입니다! 예수님 이름으로 기도합니다. 아멘!"

동일은 힘없이 누워버리고 모든 일행은 흐느끼며 아멘으로 답할 따름이다. 희경은 의식을 찾으며 움츠려든다. 최 목사가 나가려 하자 요셉이 나선다.

"우리 목사님이 뭐라십니까? 목사님! 어디 가세요?"

"나는 또 가야죠! 다 주님이 인도하실 겁니다!"

"우리 찬양 선교단 만들어요! 목사님!"

뜻밖인 요셉의 제안에 모두가 어리둥절해 한다. 최 목사 역시 당황스러워 한다.

"글쎄요?"

지나가 한 마디 던진다.

"우리 방 목사님이 싫어하실 걸요?"

"우리 교회에서 하는 게 아니고 다른 교회 청년들과 같이 하면 됩니다! 이는 또 다른 하나님의 부르심이고 지금처럼 어수선한 때에 상심한 사람들을 위로하고 구원함이 필요하지 않습니까? 우리 선교단 만들죠!"

요셉의 속 깊은 말에 모두의 얼굴에 희열과 강력한 빛이 비친다.

"좋아요! 해요. 목사님! 우리 선교단 해요!"

"여기서 지금 우리가 결정하지 말고 기도해 봅시다!"

"네, 목사님! 기도하겠습니다!"

최 목사와 청년들은 하나님의 부르심을 입었다는 희망을 조심스럽게 가슴에 품고 각자의 길로 흩어진다.

요셉과 지나는 캄캄한 길을 서로를 의지하며 걷는다. 그런데 맞은편에서 희미한 그림자가 스쳐 지나간다. 아영이 흐느적거리며 "인규"를 부르는 소리를 듣고 요셉과 지나가 알아차린다.

"아영 자매!"

"이게 어떻게 된 거야?"

"그동안 어디에 있었어요?"

두 사람이 아영에게 묻지만 아영은 그저 헛소리만 할 뿐이다. 그런 아영을 붙잡고 말을 계속 건다는 것은 무리다. 두 사람이 아영을 부축한다. 요셉이 지나에게 머리 짓을 한다.

"갈만한 곳도 없어 보이는데 너네 집에서 재우면 어때?"

"아무래도 그래야 할 것 같아!"

"내게 업혀!"

"오빠가 나도 한 번을 안 업더니....... 힘들 텐데......"

"업혀라!"

"알았어! 나 약혼년데....... 이러다가 배신 때리면 알지?"

"여자들은 하여간......"

아영이 계속 헛소리만 하다가 갑자기 요셉의 목을 조르자 요셉과 지나는 순간적으로 놀란다. 어느 새 지나의 집 앞까지 이른다. 지나가 초인종을 누른다. 이 집사가 집 안에서 이들을 맞이한다.

"지나야! 요셉아!"

"엄마! 내 방에 불 좀 넣어요! 목욕물 좀 따끈하게 받아 주세요! 아니, 내가 할게!"

이 집사는 요셉 등에 업힌 낯선 아영을 보고 놀란다.

"이 처녀가 누구야?"

"내 친구!"

"누군데....... 어디 아픈 거냐?"

요셉은 아영을 지나 방에 눕혀놓고 나온다. 이 집사도 욕실에서 물을 틀어놓고 나온다. 지나는 방에서 옷을 갈아입는다.

"요셉아! 잠깐 앉아!"

"네! 어머니!"

"너희들 약혼한 지도 넉 달이 넘어가는데 어서 결혼해야지. 세상도 어지러우니 간소하게 하자! 한 석 달 후면 좋겠다!"

"네, 그러죠!"

지나가 방에서 나와 두 사람에게 담담히 답한다.

"뭘 서둘러요? 우리 어디 안 가요! 엄마"

"그래, 너희 둘은 어릴 때부터 같이 자란 남매 같은데 요즘 왠지 불안하구나! 때가 급한 거 같고……"

"때가 급하죠! 주님이 오실 때가……"

"주님이 오실 때가 가까우니 같이 더 기도하고 믿음을 지켜야지……"

"예! 알겠습니다! 아버지께 말씀드리겠습니다! 그럼, 늦어서 이만 일어나겠습니다!"

"그래! 믿음직한 우리 사위!"

이 집사는 자신의 아들처럼 안는다. 요셉은 그런 지나와 이 집사에게 흐트러짐이 없다.

한 허름한 천막집으로 최 목사가 동일과 희경을 인도한다.

"집이 누추해서 어쩌죠? 방은 따뜻한데……. 거처를 구할 때까지 여기 있죠?"

"네, 감사합니다!"

"이 여자 분은 여기 눕히고 동일 형제는 저 방에서 좀 불편해도 나와 같이 잡시다!"

"네!"

"아무래도 이 여자 분은 몸의 상처도 치료하고 죽이라도 끓여 먹여야 할 텐데 쌀이 없군요. 라면은 좀 있습니다만 쌀을 구해야 되겠군요!"

최 목사의 말이 끝나는 찰라 누워있던 희경이 일어난다.

"상관없어요! 라면 주세요!"

"희경아! 괜찮아?"

"좀 얻어터진 걸 갖고 뭘 호들갑을 떨어?"

"그럼, 라면이라도 끓여 오죠!"

"저, 오빠! 소주 한 병만 구해줘요!"

"야! 목사님이셔!"

"그게 어때서......"

"네, 한번 구해 보죠!"

동일은 굳어진 얼굴로 최 목사에게 절절 맨다. 무슨 죄라도 짓다가 들킨 듯이 민망한 기색이 역력한데 희경은 당당히 이불을 덮어쓰고 눕는다.

지나는 쓰러질 듯한 아영을 데리고 욕실에서 나와 자신의 방에 앉힌다. 이 집사가 죽을 가져다 준다.

"고마워요! 엄마!"

"아니다! 내가 같이 있으면 불편하니까 난 그냥 쉴께. 먹고 나면 그릇은 주방에 내 놔라!"

"그럴게요! 쉬세요, 엄마!"

지나는 방문을 닫고 아영과 마주 앉는다.

"같이 먹자!"

"그래, 고마워!"

"하나님! 감사합니다. 오늘 아영을 만나서 이렇게 피곤을 달랩니다! 아영에게 힘을 주시고 또 우리가 사랑했던 동희 언니를 잃은 우리 마음도 위로해 주옵소서! 예수님의 이름으로 기도합니다. 아멘!"

아영이 지나의 기도를 듣고 또 놀란다.

"무슨 일 있어?"

"동희 언니가 천국 갔데..."

"뭐? 언니....... 언니가 천국 갔다구?"

아영은 곧 흐느낀다. 지나도 눈시울을 적시고 만다.

"울지 마! 그렇게 죽은 사람 많잖아. 어서 죽 먹어!"

아영은 눈물을 훔치고 죽을 한 수저 떠서 먹고 찬을 입에 갖다 대는 순간 헛구역질을 한다. 지나가 놀라서 아영의 등을 쓰다듬어 준다.

"왜 그래? 입맛이 없어서 그러니?"

"나 임신했어! 두 달 됐어!"

"뭐?"

지나는 너무 놀라 할 말을 잃었다.

최 목사가 밥상을 들고 들어오자 동일이 일어나 받아든다.

"소주는 구하지 못하고 마시고 남은 사이다가 좀 있어서요. 물도 오염이 다 돼서 깊은 우물물을 길어다가 라면도 끓였죠!"

"별수 없죠. 뭐!"

희경이 일어나 앉아 라면을 먹는다. 그런 희경을 최 목사와 동일이 넋을 놓고 본다.

"천천히 먹어!"

최 목사가 김치를 권한다.

"계란 하나 없어서요. 김치만 있네요!"

동일이 어색한 표정으로 최 목사의 안색을 살핀다.

"선교단 안 하세요?"

"글쎄요. 제가 경험도 없고 능력도 없지만 요즘은 아닌 게 아니라 선교 사역이 적당한 때죠!"

동일의 얼굴에 생동감이 살아난다.

"그럼 하죠!"

"연주 할 악기는 키보드 한 대 뿐이고 연주자도 없고요. 누가 이 난리 통에 선교단을 하겠습니까? 그냥 요셉 형제와 제 생각이죠!"

"선교단 우리 그냥 해 보죠!"

"선교단은 많은 힘이 있어야죠!"

"사람들에게 희망을 줘야죠! 저는 믿음도 없고 아는 것도 없지만 젊은 사람들을 제가 좀 동원할 테니 목사님은 결단만 하시면 됩니다!"

"키보드 반주는 내가 할게요!"

불쑥 튀어나온 희경의 말에 두 남자는 놀란다.

"오호! 대단한 연주자께서 함께 하면 천천만만을 얻는 겁니다!"

"하나님의 뜻이면 하죠!"

동일이 회복해감을 느끼며 최 목사는 한 줄기 빛을 바라본다. 왠지 자연스럽게 이끌림을 받는 것처럼 확신과 힘이 생겨난다. 그러나 최 목사는 신중해야 된다는 생각도 든다. 한번 하면 끝까지 책임을 져야 하기 때문에 기분 따라 결정할 수가 없다. 더 분명한 응답을 원한다.

다음 날 아침 최 목사와 요셉과 동일, 지나와 아영과 청년회 일행, 그리고 희경이 까지 동희의 시신이 있는 시립 병원에 가 장례를 치른다. 찬양하며 염을 하고 발인하여 화장하기까지 차분하고 슬픈 마음을 찬양으로 위로하고 달래는 광경을 지켜보는 주위 사람들은 감동을 받아 예수 그리스도를 영접하는 이들도 있다. 많은 이들이 은혜 받는 광경 속에서 최 목사는 자신이 원했던 분명한 확신이 이런 게 아닌가 싶다. 슬퍼서 우는 눈물이 아니라 감동을 받아 같이 흘리는 눈물과 전율에 강한 힘을 느낀다. 그 하루가 아름답게 지나간다.

요셉과 지나는 계속 최 목사를 놓지 않는다.

"목사님! 이렇게 좋은 때를 놓칠 순 없죠! 완전히 황금어장인데 뭘 망설이시죠?"

"아까 이필우라는 남자, 예수님 믿겠다고 영접하는 걸 보니 마음이 기쁘더라구요. 정말!......"

"장례식인지, 부흥회인지 알 수가 없었죠!"

"우리 동희가 가면서도 좋은 일 했네요!"

"지금 사람들 마음이 가장 가난해 있고 낮아져 있는데 참 좋은 기회죠!"

요셉은 가슴이 뜨거워진다. 기어코 해야 한다는 열정이 치솟아 오른다.

"아주 부흥회를 하셔....... 누구 담배 가진 거 없어?"

희경의 찬물 끼얹는 말 한 마디에 모두가 아연실색 놀란다.

"야! 이러지 마!"

동일이 난처한 얼굴로 희경을 몰고 피한다.

"미안합니다. 얘가 좀 타락한 천사라서요!"

동일이 희경을 데리고 자리를 피하자 요셉이 나선다.

"믿음이 약한 사람들도 선교 활동을 통해 온전해질 수 있죠!"

"그럼, 선교단을 하죠!"

최 목사가 어렵게 말을 하자 모두 희열에 차 있다.

요셉과 지나가 밤거리를 거닌다.

"엄마가 우리 결혼을 자꾸 서두르시는데 나도 사실 불안해. 좀..."

"우린 반드시 결혼할 거야. 걱정하지 마셔....... 그래, 우리 빨리 결혼하자!"

"그래, 되도록 빨리....... 근데 아영이 말야!"

"뭔데......"

"아영이가 참 안 됐어. 집도, 직장도, 사랑하는 사람도 잃고, 나도 모르게 이런 말이 나와. 나 왜 이럴까?"

"요즘 정상인 사람은 없지! 나도 충격이 커!"

"이럴 때일수록 정신을 차려야 되는데……. 두 달 전만 해도 모든 게 편했는데 그 모든 것을 잃어서 더 그런 것 같아!"

"통신이 다 마비됐으니 그러지. 휴대폰도 인터넷도 단절돼서 짜증나고 답답한데 그래도 좀 있으면 정상적으로 가동한데!"

"그동안 많은 것에 감사하지 못했다고 생각해!"

"오히려 그런 혜택들을 악하게 썼지!"

"그래도 그 때가 그리워!"

지나가 요셉의 품안에 안긴다.

"사랑해, 내 사랑으로 그 그리움을 채워줄게! 길이 멀면 내가 업고 가고 쓴 물은 내가 마셔 줄게! 우린 언제나 같이 있는 거야!"

"그래!"

요셉과 지나는 입을 맞춘다.

허름한 지하 창고에서 이십여 명의 젊은이들이 최 목사를 중심으로 모여든다. 동일은 들뜬 기분을 주체 못한다.

"내가 누구야!! 모일 장소도, 애들 동원도 다 제가 했단 말입죠! 저도 꽤 쓸 만한 인간이지 않습니까?"

"놀고 자빠졌네!"

동일과 희경의 입씨름을 최 목사가 말린다.

"맞습니다! 동일 형제가 많은 일을 했습니다!"

모두가 동일에게 박수를 쳐주자 동일은 으쓱 기분이 좋아진다. 어제 동희를 잃은 슬픔은 흔적도 없다. 최 목사는 그런 동일의 어깨를 만지며 당부한다.

"우리가 주의 부르심을 입어 한 사람 씩 이렇게 모였습니다! 그러나 각자의 섬기는 교회를 떠나서는 안 될 것입니다!"

기타를 맨 강민수가 나선다.

"선교단 이름은 뭡니까?"

"콜링(Calling)이요! 부름 받았다는 뜻이죠! 그냥 부름 받은 사람들이라고 해도 좋죠!"

요셉이 입을 열자 여기저기서 "부름" 이라고 외친다.

"좋습니다! '부름 선교단' 으로 합시다!"

부름 선교단은 이렇게 만들어진다. 그들은 거의 매일 연습을 하는데 화음도 절묘하게 잘 맞고 흐트러짐이나 결석도 없다. 마치 군대처럼 모이기로 약속한 시간이면 일정하게 모여 연습을 즐긴다. 그들은 누가 시키지 않아도 모여서 예배하며 찬양함이 그들의 힘이라고 생각한다. 그들은 자신들을 부르신 하나님의 뜻에 따름이 최선이라 믿는다. 그들의 연습곡은 모두 잘 아는 찬송가를 편곡해 부른다.

죄 짐 맡은 우리 구주 어찌 좋은 친군지
걱정 근심 무거운 짐 우리 주께 맡기세
주께 고함 없는 고로 복을 얻지 못하네
사람들이 어찌하여 아뢸 줄을 모를까.

시험 걱정 모든 괴롬 없는 사람 누군가/
부질없이 낙심 말고 기도드려 아뢰세/
이런 진실하신 친구 찾아볼 수 있을까/
우리 약함 아시오니 어찌 아니 아뢸까.

근심 걱정 무거운 짐 아니 진자 누군가/
피난처는 우리 예수 주께 기도드리세/
세상 친구 멸시하고 너를 조롱하여도/
예수 품에 안기어서 참된 위로 받겠네. 아멘.

모든 복구가 완성되고 전자 기술은 테러 전보다 더 뛰어나 어떤 폭파 사건에도 파괴가 안 되는 보안 장치까지 설치되어 휴대폰 정상화와 인터넷 사용도 더 좋아지고 무너진 건물도 복원되건만 함께 했던 사람들은 돌아올 줄 모른다. 그래서 모두 슬픔이 앙금처럼 사무쳐 있다. 매몰된 시신을 다 찾지도 못한 채 그 자리에 새로운 건축물을 세우고 일자리가 늘어나도 신바람이 없다. 범죄 퇴치는 여전히 군 인력으로 강행되고 미국의 속국이 되어 미국 정보부에 모든 국민의 정보가 등록돼야 한다는 압력을 받는다. 인권과 자유는 보이지 않는 힘에 밟힌다.

안전 칩이 출시되기 시작하면서 국민들이 불안과 공포감에 휩싸이자 칩에 대한 불안감을 없애기 위해 홍보용 방송과 신문 기사로 설득력 있게 끊임없이 홍보와 광고를 하면서 많은 사람들이 흔들린다. 그리고 대통령을 위시한 많은 유명인사 들이 그 칩을 주입하는 광경을 방영하면서 자연스럽고 편리성을 강조하고 신용카드를 몸속에 넣을 뿐 그 밖의 다른 현상은 나타나지 않는다고 설명한다. 그러나 칩 투입은 자유의지이며 강압적이지 않다고 알린다. 칩은 유토피아의 신세계를 앞당겨 범죄 및 신용 불량자의 근거를 없애고 그들을 갱신의 길로 선도하는 방법으로 쓰이는데 그들을 병리 할 필요 없이 그 일거수일투족이 다 추적되고 정신 개조가 된다는 보도를 한다. 이에 따라 불교와 천주교의 종교인은 종교와 상관없이 칩 투입을 솔선수범 시행하고 결국은 개신교 교회 목회자와 교인들도 시행하기에 이른다.

부름 선교단은 마침내 사역 활동을 앞두고 예배를 드린

다. 모두가 주 예수님을 자신의 하나님으로 영접하며 헌신을 다짐한다. 동일의 가슴이 뜨거워짐을 느끼고 눈물이 흐른다.

"주님! 이 비뚤어진 놈도 구원해 주십니까? 이놈도 구원해 주십니까? 이 못된 놈도요!"

거듭남이 이런 것일까? 동일이 과거의 자신의 죄를 토하듯이 울고 울더니 감동에 겨워 찬양하는 광경에 모든 단원은 감격스러워 힘을 얻는다.

"무슨 짓이야? 유난을 떨어! 정말 못났어! 남자가 약해 빠져서……."

동일을 지켜보던 희경이 밖으로 나가 버린다. 희경은 목사 딸인 자신이 누구보다 하나님과 가깝게 느껴지면서도 하나님과 가장 멀리 있어 그녀의 가슴은 늘 차갑다. 밤하늘의 별을 보며 김 목사와 은지의 행방을 알 수가 없어 불안한 마음뿐이다.

최 목사는 비장함 어린 설교를 한다.

"지금 우리는 마귀의 소굴로 들어갑니다! 우리에게 갑자기 위협을 하고 죽인다는 게 아닙니다. 오히려 그 반대로 그럴듯한 유혹이 우리를 넘어뜨릴 수 있다는 것에 더 조심해야 됩니다! 롯의 처가 유황불에 타 죽었습니까? 아닙니다. 뒤를 돌아보고 싶은 유혹 때문에 멸망하고 말았습니다! 우리가 주의해야 할 것은 사람들의 이성 잃은 핍박이기에 앞서 행해지는 속임수입니다! 현재 시행되는 칩은 분명 짐승의 표입니다! 그 칩을 받은 사람들은 예전과 같다며 우리를 어리석고 이상한 사람들로 이단시 할 것입니다! 그리고 교회 지도자들의 압박도 받을 것이고 배척을 당할 것입니다! 우리가 마귀의 소굴로 들어가는 목적은 그 가운데서 우리 가족을 지키고 그 짐승의 표를 아직 받지 않은 사람들을 지키고 나 자신을 지키는 것입니다! 그러려면 기도도 더 많이 해야 하고 성경을 많이 읽어서 외워둬야 합니다! 핍박 시에는 성경이 없습니다. 항상 성령이 내 속에 계셔 나를 주장하시도록 늘 준비하고 기도해야 합니다. 기도가 안 나오면 찬양해야 합니다! 단호하고 확고부동해야 됩니다. 인정에 끌려서는 안 됩니다! 골육상잔의 아픔까지도 각오해야 합니다! 이때는 피 흘리기까지의 영적 전쟁시입니다! 그러나 분명한 사실은 마귀의 세력보다 모든 만물의 창조주이신 우리 하나님 아버지는 더 강하시고 위대하신 분입니다! 누가 복음 12장 4절과 5절에 이런 말씀이 있습니다! '내가 내 친구 너희에게 말하노니 몸을 죽이고 그 후에는 능히 더 못하는 자들을 두려워하지 말라 마땅히 두려워할 자를 내가 너희에게 보이리니 곧 죽인 후에 또한 지옥에 던져 넣는 권세 있는 그를 두려워하라 내가 참으로 너희에게 이르노니 그를 두려워하라!' 그 무엇보다, 그 누구보다 강하신 하나님을 봅시다!"

부름 선교단은 뜨겁게 통성 기도를 드린 후 요셉의 선창에 따라 크게 외친다.

"하나님이 나를 부르셨다! 이제 나는 예수 그리스도의 종으로 세상에 나아간다!"

모두의 가슴에 한마디 한마디가 비수처럼 찌른다.

"우리는 어린양의 표를 받았다! 우리는 짐승의 표를 거부한다!"

부름 선교단은 다짐을 마치고 세상을 향해 나아간다. 희경을 제외한 모든 단원은 기쁨이 충만한 얼굴들이다.

김 목사의 사택 현관문이 열린다. 김 목사와 손 사모, 은지가 들어온다. 지친 내색이 역력하다. 모두 쓰러지듯 주저 앉아 버린다.

부름 선교단 일행은 거리에서 전도하며 보이는 교회마다 들어가 다음과 같은 내용의 전단지를 돌린다.

하나님의 뜻을 따라 예수 그리스도의 몸 된 교회와
그 세우신 목회자님에게 평안을 전합니다!
날로 험악해져 가며 사탄의 유혹에 흔들리기 쉬운
세상이 되었습니다!
미국 주도 하에 전 세계적으로 시행되는
안전 칩은 요한 계시록에 언급된
짐승의 표입니다!
우리 그리스도인은 그 표를 분별없이 받아서는 안 됩니다!
목회자님 한 분의 참된 가르치심에 많은 영혼의
영생과 멸망이 달려 있습니다!
모쪼록 깨어 있는 참 목자로서
자신과 성도들이 그 칩을 모르고 받는 불상사를 막고

때를 알 수 있는 말씀을 전해 주셔서
오직 예수 그리스도만을 믿음으로 구원을
얻도록 인도해 주시기를 간청 드립니다!

부름 선교단 일동 드림

그 전단지를 돌리며 수상한 사람들로 찍힐까 하는 두려움과 외면당하는 부끄러움을 각오하고 전하지만 당당하지 못하는 자신들을 위해 최 목사와 요셉이 찬양을 리드하자 힘이 나고 그런 염려와는 달리 사람들 반응이 좋다.

"정말 이대로 됩니까?"
"우리도 이렇게 알고 있습니다!"
"우리 교회 좀 와서 찬양과 이 일에 대해 증거 해 주십시오!"

그래서 부름선교단은 교회 집회도 하게 되는데 반응은 구구 각색이다. 적극적으로 회개하며 기도하는 교회 목자와 성도가 있는가 하면 교회 성도들은 심각하게 받아들이는데 목회자가 냉랭한 반면 초청해 놓고 문전 박대하는 곳,

관람하면서 비아냥대는 교회들도 있다. 어제의 교회 부흥은 어디로 갔는가? 어느 새 그 감격과 감동이 사라져 버린 것인가? 답답함과 슬픔이 썰물처럼 밀려든다. 교회들은 테러로 인한 순간적인 역반응이 일어나 많은 사람들로 붐볐으나, 평정을 되찾아 가고 칩이 시행됨에 따라 교회는 또 다시 비어 간다.

칩은 작은 점보다 더 작아서 시각적으로 잘 띄지도 않으며 별다른 변화도 느낄 수 없다. 그 칩은 다이아몬드 점처럼 빛나서 이마와 오른 손 등에 외관상 액세서리 장식 상품과 같이 선호한다. 그 칩만 투입하면 거추장스러운 신분증, 신용카드, 도장 등을 넣고 다니던 지갑이 필요 없는 편리함과 안전성에 사람들은 호기심과 유행에 따라 칩 투입을 망설이지 않는다. 그래서 그 칩이 없는 사람은 구석기 원시인 취급을 받으며 직장과 학교생활에 불편과 따돌림을 받기에 이른다.

미국이 이스라엘 예루살렘 성전 터를 이슬람권에서 유태인에게 돌려지게 해 주고 예루살렘 성전 건립을 추진하자 모든 가톨릭과 개신교의 교회들이 기뻐하며 축복한다.

김 목사는 교회 아래층에 던져진 부름선교단의 전단지를 주워 들고 왠지 끌리는 느낌으로 놓지 못한다. 읽어보다가 전화 버튼을 누른다.

"여보세요! 거기가 부름 선교단입니까? 네, 좀 갑작스러운데 혹시 이번 주 주일 저녁 예배 시간에 올 수 있습니까? 우리 교회 이름은 그루터기 교회입니다!"

김 목사는 무언가에 끌린 사람 모양 서두른다. 옆에 있던 손 사모가 은지를 재우며 한 마디 한다.

"뭘 그리 서두르세요? 성도도 많은데 기도도 하고 광고도 하셔야죠!"

"그러게... 나도 모르게 하게 되는구만!"

"우리 은지 어멈은 지금 어디 있을까요?"

"그러게 말이오! 살았는지, 죽었는지 소식이라도 알았으면 좋으련만......"

김 목사는 가슴 속 근심이 엿보인다.

부름선교단은 그루터기 교회를 찾아간다. 김목사의 교회 주변을 맴도는 최목사를 본 희경이 묻는다.

"어느 교회를 찾으세요? 이 근방은 내가 잘 아는데......"

"오늘 우리가 갈 교회는 그루터기 교회입니다!"

희경은 최 목사의 말을 듣자 전기에 감전된 것처럼 놀란다.

"이곳으로 오세요!"

상기된 얼굴로 희경은 김 목사의 사택으로 들어가 문을 연다.

"아무도 없어요?"

김 목사가 희경을 보고 놀란다.

"이게 누구냐? 아이구! 희경아!"

희경은 반색을 감추며 절제된 음성으로 마음을 전한다.

"다행히 살아 계셨군요! 부름 선교단 청하셨어요? 우리 은지 어디 있나요?"

정신없이 말하는 희경을 뒤따라온 부름의 일행이 보고 놀라 당황한다. 김 목사가 희경을 안고 눈물을 흘린다.

"하나님! 감사합니다! 내 딸 희경아!"

손 사모와 은지가 방안에서 나온다.

"아이구! 희경아! 네가 왔구나!"

"은지야!"

희경은 은지를 보자 김 목사를 뿌리치고 손 사모에게서 은지를 가로챈다. 지켜보던 동일이 나선다.

"안녕하십니까? 희경이 아버님! 부름 선교단입니다!"

"아! 그래요, 우리 희경이도 같이 있었군요!"

희경이 은지를 안고 김 목사를 곁눈질한다.

"그동안 어디 계신 거예요?"

"나는 널 찾으러 다녔고 엄마와 은지는 시골에 있었다."

"그래요? 그럼, 우린 연습하러 가죠!"

희경은 밖으로 나가 버린다. 최 목사가 무안해서 헛기침을 한다.

"그동안 희경 씨는 우리와 함께 고생도 많았지만 많이 회복도 된 거 같습니다! 희경 씨 아버님 교회인 줄 알았으면 이렇게 놀라지는 않았을 텐데....... 아무튼 뵙게 돼서 반갑습니다!"

동일이 분위기를 바꾸려 애써 웃는다.

"이렇게 만나 뵙는 것도 우연은 아니군요. 다 하나님이 인도하신 것입니다!"

"그렇군요. 감사합니다!"

김 목사 부부와 부름선교단 일행은 감격해 하며 교회 안으로 들어간다.

그 날 저녁 예배는 모두에게 뜻 깊은 집회였다. 김 목사는 최 목사가 전하는 메시지에 동감하면서 찬양 중 희경의 반주에 매우 감격하는 눈물로 손수건을 적신다. 집회를 마치고 다과를 나누는 시간에 김 목사가 희경과의 해후를 말하자 모두가 감동하는데 희경이 갑자기 일어난다.

"나는 오늘로 선교단 활동을 그만두고 다시 직업을 가져야겠습니다!"

"왜 그러냐? 나 때문이냐? 그런 게야?"

"아니요! 이제 곧 은지도 유치원에 들어가려면 돈이 필요하잖아요!"

"그런 돈은 내가 벌겠다! 희경이 넌 그런 일은 다시 하지마!"

동일이 일어나 희경을 잡지만 희경의 결심은 완강하다.

"아니, 난 가야 돼! 그 대신 부름선교단 모임을 여기서 하면 아버지도 좋으실 거고 선교단에게도 은혜를 갚음이 될까 해서요!"

"무슨 은혜입니까?"

최 목사가 희경의 말에 맞선다. 김 목사는 반색한다.

"그래, 그렇게 해도 참 좋겠군요!"

"목사님! 좀 더 생각해 보시고 기도하신 후에 결정하시면 어떨까요?"

"이렇게 인도하신 하나님의 뜻이 있으신데 뭘 망설이겠습니까?"

"그래도요......"

김 목사와 최 목사가 주거니 받거니 할 때 희경이 밖으로 나가자 동일이 뒤따라 나간다.

"희경아! 그러지 마!"

"내가 뭘......"

"넌 아버지를 거부하고 증오하면서도 네 마음속에서 아버지를 밀어내려 할 뿐 아버지를 받아들이지는 못해!"

"너도 예수 믿더니 말이 많구나! 천하의 건달 주제에......"

"그래, 나 건달이야! 그런데....... 우리 동희 세상 뜨고 난 알았어. 피붙이가 그래도 세상에서 가장 소중한 걸! 너도 아버님 생전에 원한은 풀어버려!"

"상관 마!"

돌아서는 희경의 어깨를 돌리며 동일은 희경의 눈을 주시한다.

"이러지 마! 난 내 삶이 있고 아버지에겐 아버지 삶이 있어! 너도 마찬가지고......."

"아니야! 가족은 서로의 허물을 용서해 줘야 돼! 그래야 네 마음도 편하잖아!"

"난 지금 그 누구도 받아들일 수 없어! 내겐 은지뿐이야!"

"은지도 이런 엄마는 이해하지 못할 거야!"

"날 그냥 내버려 둬!"

"그럴 수 없어! 난 널 사랑하니까!"

몸부림치는 희경을 동일이 꼭 껴안아버린다. 이길 수 없는 동일의 강한 힘과 뜨거운 눈빛을 희경도 거부할 수가 없다. 희경의 눈가에 눈물이 흐른다. 그 닫힌 마음이 열려가나 싶더니 희경이 동일을 뿌리치고 도망간다. 동일은 넘어지며 희경을 목이 터지도록 부른다.

부름선교단 일행이 연습 장소에 왔는데 방 목사가 몇 사람들과 미리 기다리고 있다. 방 목사가 최 목사를 보자 언성을 높인다.

"아니! 애들 데리고 뭐 하는 짓이야! 내가 그렇게 알아듣도록 일렀건만 듣질 않네. 이 사람이....... 당신 우리 교단에서 퇴출 됐어! 더 큰 소동 꾸미지 말고 그만 둬!"

"우리가 무슨 죄를 지었습니까?"

"내가 너희 놈들 때문에 교단에서 압력이 들어오고 난린데 무슨 죄를 졌냐고?"

"말씀이 과하십니다!"

듣고 있던 요셉이 나서자 방 목사가 요셉의 멱살을 쥐고 흔든다.

"이것들이!... 너희들 성산 교회에서 출회야!"

"예! 이거 놓고 말씀하시죠!"

요셉이 방 목사의 손을 뿌리치며 밀쳐내자 방 목사는 부들부들 몸을 떤다.

"이 건물은 철거해야겠다!"

"무슨 일입니까? 불법 침입에, 난동까지 부리십니까?"

참다못한 최 목사도 언성을 높인다. 그러자 방 목사가 최 목사에게 다가선다.

"불법침입? 난동? 이 건물은 무허가 건물이고 너희들은 사회적 물의를 일으켜 사람들을 선동하고 있잖아!"

동일이 주먹을 쥐고 나서려 들자 최 목사가 동일을 잡고 눈빛으로 막는다.

"철거해!"

방 목사가 명령하자 방 목사와 같이 온 일행들이 쇠파이

프 등으로 닥치는 대로 쳐부수고 난리를 친다. 여자들은 비명과 울부짖음으로 시끄럽고 남자들은 말리다가 밀치고 하는 아수라장 광경에 놀라는 아영을 지나가 끌어낸다.

"우리 집으로 가자!"

아영과 지나가 사라지고 방안나가 나타나 방 목사 앞에 나선다.

"아버지! 이제 제발 그만 좀 하세요!"

"안나야! 넌 상관하지 말거라."

"아뇨! 이건 옳지 않아요! 아무리 아버지와 생각이 달라도 같은 하나님을 믿는 사람들끼리 이래선 안 되잖아요!"

"누가 같은 하나님을 믿어? 이것들은 이단이다!"

"아버지! 그만 하세요!"

흐느끼는 안나를 보자 방 목사의 혈기가 누그러진다.

"알았다! 알았어!"

방 목사는 안나를 안고 돌아서며 최 목사를 본다.

"건방진 놈!"

방 목사의 일행은 사라지고 부름의 창고는 난장판이 되었다.

"이거 어디 모일 수 있겠습니까?"

동일이 서성거린다.

"어쩔 수 없지요!"

최 목사가 물건을 세운다. 동일이 최 목사를 마주본다.

"희경이 아버님 교회에서 모이면 될게 아닙니까?"

"그러죠! 때마침 그 목사님이 오라고 하셨는데 하나님의 뜻이죠!"

요셉이 맞장구를 친다.

"그래도 될까요?"

"그렇게 하세요! 그걸 아버지도 원하니까......"

망설이는 최 목사에게 희경이 들어와 위세를 떤다.

"그리고 난 아까도 말했듯이 내일부터는 활동 못하니 그렇게 알아요!"

"그러지 마! 희경아! 난 네가 사내 놈들 앞에서 피아노를 치고 웃음을 파는 짓은 더 이상 못하게 할 거야!"

동일이 희경을 잡고 매달린다.

"그럼, 가죠!"

희경이 들은 척도 않고 물건을 챙겨 나간다. 모두가 희경을 따른다.

부름선교단이 그루터기 교회에 모여 연습을 하자 단원들

의 수도 늘고 그루터기 교회는 젊음의 활력이 넘친다. 김 목사는 그런 젊은이들을 보며 흐뭇해 하지만 그 마음에는 늘 희경이 걸린다.

희경은 또 다시 레스토랑에서 피아노를 친다.

며칠 후 매니저가 희경을 부른다.

"희경 씨도 안전 칩을 투입하지 그래? 이렇게 현금 거래보다 안전하다고!"

희경은 순간적으로 놀라지만 냉담한 척 한다.

"일 없어요! 난 그냥 현금으로나 많이 줘요!"

매니저가 자신의 오른손 등을 보인다.

"여 봐요. 잘 보이지도 않고 아무 느낌도 없다고!"

"나 가요!"

희경은 재빨리 그 자리를 뛰어 나온다. 희경은 도망가듯 달리자 숨이 차오른다. 맞은편에서 동일이 뛰어온다.

"희경아! 무슨 일이야? 내가 너 나오기만 기다렸다!"

"나 그냥 좀 안아줄래?"

동일은 희경의 뜻하지 않은 반응에 묻고 싶은 말들을 눌러 참고 희경을 안아준다. 지치고 놀란 희경은 동일의 품에서 떨고 있다.

부름의 젊은이들에게도 닥쳐오는 제약은 어쩔 수 없다. 직장인은 직업을 잃고 학생은 퇴학당하며 교회들마저도 등을 돌린다. 그러나 그들 중 그 누구도 원망하지 않는다. 각오하던 일에 벌써부터 민감하게 받아들인다면 너무 쉽게 지는 싸움이라는 것을 알기 때문이다. 칩 투입한 사람을 적잖게 보며 집회 초청도 줄어가고 어느 교회는 목회자와 온 교인 전원이 칩을 받아 서로 불편함을 감수해야 했다. 칩을 받은 사람들은 불안해하거나 부름의 모든 메시지를 거부하기 시작한다. 점점 칩을 받지 않은 사람들이 줄어들고 현금이나 신용카드 사용이 없어진다. 이들은 언제까지 참고 어디까지 견딜 수 있을까? 실직이 늘고 모든 생활이 공동체 생활화가 되어간다.

방 목사의 집 거실에서 방 목사와 이신애 사모가 부름선교단의 전단지를 놓고 마주한다. 방 목사는 그 전단지를 구겨서 휴지통에 넣어 버린다.

"건방진 것들......"

화를 내고 나가는 남편을 이 사모는 이해 못하고 그 전단지를 휴지통에서 꺼내본다.

방 목사는 성산 교회 백여 명 남짓한 교인들에게 힘주어 설교한다.

"오늘 말씀은 마태복음 24장 36절입니다. 그러나 그 날과 그 때는 아무도 모르나니 하늘의 천사들도, 아들도 모르고 오직 아버지만 아시느니라! 요즘 도를 넘어서는 사람들이 많습니다. '이건 안 돼. 저기는 마귀의 소굴이라' 며 세상과 복음을 분리시키는 소리가 있습니다! 그러면서 곧 세상이 다 됐다고 불안을 심화시키지만 속지 마십시오! 분명히 성경은 그 날과 그 때를 모른다고 기록되었습니다! 우리는 아무 것도 모르는 것입니다! 하나님 아버지만 아시는 것을 인간이 알려는 호기심이 범죄입니다! 선악과를 따먹은 아담과 하와처럼 선을 넘지 맙시다! 적그리스도다, 짐승의 표다, 이런 말에 혹하지 마십시오! 그건 구원과 상관없습니다! 우리 교회 성도님 중에도 그 칩을 받았지만 우리 믿음은 변함이 없지 않습니까? 우리는 변함이 없는 줄 믿습니다!"

피아노 반주를 하는 안나는 마음이 편치 않다. 왠지 모르는 답답함과 슬픔에 눈물이 흐른다.

요셉이 회사에 출근하자 마자 먼저 출근한 부장이 찾아온다.

"부장님! 오십니까?"

"그래, 자네 나 좀 보세!"

"예! 부장님!"

요셉은 부장을 따라 부장실로 들어간다.

"자네는 실력 좋고 인간성도 좋아, 그런데....... 신앙심 때문에 칩을 받지 못 한다고?"

"네! 그건 안 됩니다!"

"그럼 별수 없군! 그만 두게! 상부에서 다음 주부터 모든 직원 칩 투입 명령이 내려왔네!"

피할 수 없는 선택의 기로 앞에서 요셉은 더 이상 주저 하거나 망설임은 없다. 그러나 눈앞이 순간적으로 캄캄함을 느낀다.

"네! 알겠습니다!"

"그럼 이번 주에 정리하게. 아깝군!"

부장실을 나오는 요셉의 발이 무겁다. 이렇게 설자리를 잃어감이 목을 조른다. 이제 어떻게 살 것인가? 불안감에 얼굴이 상기된다.

희경과 동일은 한 방에 은지를 가운데 눕혀놓고 앉아 있다. 희경이 옷을 벗으려 하는데 동일이 놀란다.

"너 지금 뭐 하는 거야!"

"이걸 원하잖아!"

"옷 입어!"

"원하잖아! 내 몸! 그래서 나에게 접근하는 거잖아!"

동일은 화가 나 순간적으로 희경을 붙잡아 흔든다.

"접근이라니! 접근! 너 이러면 나 떠난다!"

희경이 동일을 잡는다.

"떠나지 마!"

동일과 희경은 감싸 안고 입을 맞춘다. 희경은 텅 빈 가슴이 채워지고 그동안 그토록 멍들고 터진 상처가 회복되어 잃었던 웃음이 찾아오고 활력이 솟아나는 것 같다.

요셉의 퇴근길이 심란하다. 출 퇴근용 차도 없이 버스를 타고 내리는 그의 퇴근이 낯설다. 항상 웃음이 떠나지 않던 얼굴에 수심이 가득하다. 애써 떨쳐버리려 하지만 그 막막함은 사라지지 않는다. 지나가 살며시 옆에 와 같이 걷는데도 요셉은 모른다. 지나가다가 팔짱을 낀다.

"무슨 고민을 그렇게 해! 차도 없이....... 무슨 일 있었어?"

"응! 그냥......"

"그냥 뭔데? 나도 알아야지!"

"곧 알게 돼! 지금은 말하고 싶지 않아!"

"그래, 그럼......"

지나는 더 묻고 싶으나 물을 수가 없다. 왠지 그냥 놔두는 게 좋을 것 같다. 두 사람은 말없이 걷다가 지나가 헛기침을 한다.

"오늘 다들 모인데....... 지금 모일 시간이야!"

"그래, 그럼 가지. 뭐!"

두 사람은 그루터기 교회로 향한다.

그루터기 교회 부름의 모임은 늘 풍성한 사랑과 충만한 기쁨이 있다.

이 날 김 목사가 말씀을 맡아 전한다.

"우리는 모두 언젠가는 떠날 사람들입니다. 오는 순서는 있어도 가는 순서는 없습니다. 우리는 언제 어디서 어떻게 주님을 만나게 될지 아무도 모릅니다. 우리는 테러 사건으로 많은 이들을 주님께로 보냈고 앞으로도 주님의 부르심을 입을 것입니다. 주님이 부르시면 우리는 아무리 중요한 일을 하다가도, 자다가도 가야 하는데 어떤 사람은 먼저 가고 어떤 사람은 나중에 가는 것입니다. 항상 주님을 기다리며 사는 사람은 복이 있습니다. 사랑하는 우리 주님을 도적 맞듯 그렇게 만나는 것보다 기다리다가 주님을 만나 뵙는다면 그 얼마나 큰 기쁨과 영광이겠습니까? 데살로니가전서 5장 4~6절에 '형제들아 너희는 어두움에 있지 아니하매 그 날이 도적같이 너희에게 임하지 못하리니 너희는 다 빛의 아들이요 낮의 아들이라 우리가 밤이나 어두움에 속하지 아니하나니 그러므로 우리는 다른 이들과 같이 자지말고 오직 깨어 근신할지라' 라고 사도 바울은 기록했습니다. 아무도 주님을 만날 그 때를 알 수는 없습니다! 그러나 그 때를 모른다고 도둑을 맞듯 주님을 깜짝 놀라며 만나면 불행한 사람입니다! 기도합시다! 모든 역사를 주관하시는 하나님! 우리는 다 주님을 만나게 될 터인데 사랑하는 주님을 도둑을 만나듯이 불행하게 만나는 일 없도록 우리가 늘 주님을 기다릴 수 있게 준비시켜 주옵소서! 예수님의 이름으로 기도하옵나이다. 아멘!"

김 목사의 설교는 무엇을 뜻하는 것일까? 마치 고별 설교처럼 모두의 가슴에 깊숙이 새겨진다. 많은 것을 생각하게 하는 설교였다.

부름선교단 기도회를 마치고 다과를 하는 시간에 손 사모가 다과를 차려내자 희경이 일어선다.

"주세요! 내가 할게요!"

손 사모가 당황하며 희경의 안색을 살핀다.

"그래……"

희경의 뜻하지 않은 행동에 모두가 놀란다. 대화중에도 간간이 웃음을 흘린다. 그렇게 밝은 희경의 모습을 보는 김 목사는 흐뭇한 마음을 감추지 못한다.

그러나 요셉은 근심스러움에 굳은 표정이다. 그러다가 느닷없이 일어나 주목을 모은다.

"말씀드릴 일이 있습니다! 저는 오늘 안전 칩 투입 거부로 회사에서 사직 당했습니다!"

지나를 비롯한 모든 사람이 놀란다.

"저는 괜찮습니다. 그러나 우리 중에 실직과 교회의 배척을 당하고 앞으로도 이런 어려운 일은 계속될 것 같습니다! 그래서 그냥 가만히 사는 것은 좋지 않다고 봅니다!"

요셉의 말에 희경이 거든다.

"나도 레스토랑에서 그걸 받으라고 매니저의 간섭이 싫어 좀 쉬고 있는데 실정은 우리가 생각하는 것보다 더 심각해요!"

요셉이 굳은 결심을 나타낸다.

"그래서 저는 지금 저희 시골 농가에 가서 자급자족으로 살려고 합니다!"

곁에 앉아 있던 지나가 나선다.

"뭐야? 오빠!"

요셉은 흔들림 없다.

"우리가 좀 더 오래 버티려면 그 방법 밖에는 없다고 생각했습니다! 여러분도 저와 함께 하셔도 됩니다! 우리가 살

길은 공동체라 생각합니다!"

요셉의 말을 듣고 있던 아영이 힘없이 작은 소리로 말한다.

"저 가도 될까요?"

요셉이 힘 있게 대답한다.

"좋죠! 다른 분은 없습니까?"

동일이 손을 든다.

"나도 됩니까?"

희경이 팔짱을 끼며 나가면서 한 마디 던진다.

"아주 다들 농사꾼 되는구만....... 나도 끼워줘요!"

요셉의 말에 최 목사가 거든다.

"요셉 형제 의견에 동감합니다! 점점 우리는 설 자리를 잃어 가는데 공동체로 자급자족은 필수입니다! 생업의 방법은 그것뿐입니다!"

그러나 단원들 중에는 갈등하는 사람들이 많다. 그런 단원들의 눈치를 살피며 요셉은 침착함을 잃지 않는다.

"절대로 강요는 아닙니다! 자유롭게 하시죠!"

여전히 웅성거리는 갈등의 현장이 되고 김 목사는 조용히 자리를 뜬다.

밤하늘을 쳐다보는 희경은 무엇을 그리도 찾는 것인가? 김 목사가 그런 희경을 지켜보다가 가만히 다가간다.

"하늘에 별이 없지?"

희경이 순간적으로 놀라지만 그대로 서 있다.

"너 어릴 적엔 별이 참 많았는데....... 요즘은 별이 없구나! 하늘의 별처럼 네 눈이 참 빛났었지....... 지금도 네 눈은 곱고 살아있다!"

"아버진 지금도 날 그렇게 보세요?"

"그럼, 넌 내 딸이고 넌 변함없다!"

희경은 헛웃음을 짓는다.

"아직도 날 순진한 애로만 보세요?"

"그럼, 너는 하늘의 별보다 귀한 내 딸이지......."

희경은 머뭇거린다.

"아버지........"

희경은 말을 흐린다.

"그래, 희경아! 말해라!"

김 목사는 희경의 눈을 주시하며 희경의 말을 기다린다.

"아버지......."

희경의 눈에 눈물이 고인다.
"그래!……."
희경은 재빨리 딴 곳을 보며 목소리를 바꾼다.
"아니요! 나 시골 생활 잘 하려나 몰라!"
희경은 억지로 웃는다. 그리고 교회 안으로 들어가 버린다. 김 목사는 서글픈 한숨을 내쉬며 하늘을 바라본다.

지나 집 대문 앞에 요셉과 지나와 아영이 이른다. 요셉이 웃는다.
"내가 두 아가씨들 보디가드지……"
아영이 조아려 인사한다.
"감사합니다!"
지나가 아영에게 장난스런 표정을 짓는다.
"야! 인사는 무슨 인사냐? 주님의 머슴인데……."
"아이고! 마님!"
요셉과 지나의 오가는 농담에 아영은 어색해 한다.
"나 먼저 들어간다!"
"그래라. 참! 너 먼저 들어가 있어! 곧 들어갈게!"
아영이 집 초인종을 누르고 안으로 들어가고 요셉과 지

나는 어깨를 감싸고 걷는다.

"오빠! 정말 시골 갈 거야?"

"네가 원하지 않으면 별수 없지만 그게 최선책인 것 같아!"

"아니, 난....... 너무 갑작스러워서 그랬어! 가야지. 갈게! 나도......"

"고맙고 미안하다!"

"무슨 말씀....... 엄마에게 내일 밤이라도 같이 말씀드리자!"

"지나야! 네가 고생 많을 거야!"

"우리 결혼하면 어차피 시골 아버님 댁에 가려고 했잖아!"

"우리 지나는 뭐든지 예스라서 좋아!"

요셉이 지나를 안는다. 서로 사랑하는 이 두 사람의 미래를 누가 알 수 있는 것인가? 정지시키고 싶은 그들의 시간은 멈출 줄 모르고 무정하게만 흐른다.

방 목사의 거실에서 방 목사와 이 사모, 안나가 과일을 먹다가 방 목사가 말문을 연다.

"우리도 칩이란 거 받아야겠어! 목사들 다 했더라고! 나만 이상한 사람 취급당해서야....... 원!"

"여보! 그건 좀 이상한 느낌이 들어요!"

"아빠! 그건 안돼요!"

"왜들 그래요? 그걸 안 받으면 목회를 못해요! 교단 측 목사들이 다 그 칩을 받았으니 따라줘야 되잖소! 혼자 까다롭게 살 수는 없어! 나도 석연치는 않지만......"

"아빠! 그건 하나님의 방법이 아니에요!"

"안나야! 너 그 부름 녀석들 떠드는 소리 때문이냐? 그 놈들은 엉터리야!"

"아니요! 난 그게 짐승의 표로 확신해요. 누가 뭐래서가 아니라 기도해 보면 성령이 탄식하심을 느껴요!"

"너 그런 소리 함부로 하지 마라!"

"여보! 정말 그건 이상해요!"

"당신까지 왜 이래요? 그게 이상한 건지 받아보면 알지!"

"아빠! 그건 안돼요!"

"아빠 피곤하다! 내일 얘기하자!"

방 목사는 피하듯 안나를 뿌리치며 방으로 들어가 버린다. 안나는 또 다시 기회가 있지 않으리라는 예감에 더욱 간절하다.

요셉과 지나는 가로등 밑 벤치에 나란히 앉아 얘기하다가 요셉이 시계를 본다.

"벌써 시간이 이렇게 됐어!"

"그러게 말야! 시간 참 빨라!"

"가자!"

두 사람은 일어나 지나의 집을 향한다. 지나가 발길을 멈춘다.

"참! 아영이 지금 홀몸이 아니야!"

"그건 무슨 말이야? 홀몸이 아니라니?......"

"글쎄, 사귀던 남자의 아이인데 그 남자는 신용카드 위조범으로 붙잡혀 행방불명인가 봐!"

"그래! 그럼 아이는 어떻게 할 건가?....."

"낳을 건가 봐! 안 됐어! 기도해 줘야지, 뭐!"

"그래, 기도해 주자!"

"내가 만약 없더라도 내 동생처럼 잘 해 줘야 해!"

"그게 또 무슨 말이야?"

"몰라! 나도... 벌써 다 왔다!"

지나는 말을 바꾸듯 요셉의 시선을 피한다.

"나 들어갈게! 끝으로 나 한 번 더 안아 주라!"

"끝이라니....... 너와 나의 끝은 같이 하는 거야!"

"고마워!"

두 사람은 한 몸처럼 붙어 입을 맞춘다. 떨어지기 싫은 아쉬움으로 지나는 집 안으로 들어가고 요셉은 머물러 지켜보다가 등을 돌려 몇 걸음 떼는데 순간적으로 빛이 등 뒤에서 번쩍해 놀라 돌아본다.

희경이 목이 말라 주방에 가서 물을 마시고 자신의 방에 들어가려는 순간! 김 목사의 방에서 강렬한 빛이 번쩍 비춰 희경이 소스라치게 놀란다. 화재라도 났나 하는 다급한 생각으로 김 목사의 방문을 연다. 방안은 아무 일 없다는 듯이 캄캄하다. 곧 방문을 닫는다. 그러다가 석연치 않아 다시 방문을 연다. 천천히 들어가 불을 켠다. 김 목사 부부가 없다. 이부자리는 잠자고 난 그대로인 채 사람만 없다. 놀라 두리번거리며 집 안을 살펴보지만 김 목사 내외가 보이지 않자 불안하고 소름 돋는 느낌으로 자신의 방문을 연다. 자신과 함께 잠을 자던 은지가 없다. 희경은 두려움에 싸여 동일이 머무는 방문을 급하게 두드린다. 동일이 자다 일어나 문을 연다.

"무슨 일이야?"

"우리 은지 여기 안 왔어?"

"아니! 안 왔는데, 왜?"

"아버지와 새엄마도 없고 은지도 없어!"

"잘 찾아 봐! 어디 산책이라도 가셨나? 교회 기도하러 가신 거 아냐?"

"아까 아버지 방에서 빛이 번쩍해서 들어가 봤더니 없어! 그리고 물 좀 마시고 온 사이에 나랑 같이 자던 은지도 없어!"

"나랑 같이 찾아보자!"

동일이 희경을 달래며 교회 안과 이곳저곳을 찾아다닌다.

다음 날 아침 전 세계적으로 동시에 사라진 사람들의 소식으로 신문과 방송, 인터넷에는 대 사건으로 알려져 온 세상이 큰 공포와 슬픔에 혼란스러움이 극에 이른다. 전 세계적으로 빗발치는 실종 신고와 눈앞에서 사람이 없어졌다는 목격자들의 생생한 목격담이 모든 사람을 흔든다. 실종된 사람들은 각계각층의 분야에서 맡은 일을 성실하게 하는 사람들로서 독실한 그리스도인이라는 것이 그들의 공통점이었다. 함께 마주 보고 있는데 빛이 눈부시게 빛나더니 순간적으로 사람이 사라졌다는 목격담들이다. 이를 두고 세계 각 교회들은 "휴거"가 일어났다고 증언한다. 그런 보도자료에 반론을 제시하는 비평도 줄을 잇는다. 목격자들의 증언은 순간적인 착시 현상이며 사라진 사람들은 사고와 단순한 실종일 수 있다고 얼버무린다. 각 언론은 사회적인 큰 파장을 막기 위해 그 진상을 묻어버린다. 사람들은 쇼크받기 싫어한다. 진상을 알려고 원하기보다 알게 될까 더 두렵다. 그래서 정신 수양원이 늘고 위장된 거짓 평안 최면 요법이 즐비하다.

방 목사도 그 무남독녀인 안나를 잃었다. 넋을 놓고 방 목사는 딸을 부른다.

"안나야! 갔니? 하나님! 제 딸을 데려 가셨나요?"

"여보! 이러지 마세요! 제발 정신을 좀 가다듬고 기도하세요!"

"그렇게 날 부르더니 그렇게 혼자 갔느냐?"

방 목사는 혼잣말로 횡설수설 갈피를 못 잡는다.

희경은 김 목사 부부와 은지가 자신의 눈앞에서 흔적조차 없이 사라진 충격을 잊기 위해 술을 마시고 자리에 누워 허우적거린다. 동일도 옆에 주저앉아 할 말을 잃은 채 괴로워한다.

요셉은 그루터기 교회에서 혼자 기도한다. 누르는 압력과 상실감에 기도가 막힌다.

"하나님! 하나님! 도와주세요! 도와주옵소서! 도우소서! 하나님! 저를 버리지 마소서!"

지나가 자신이 보는데서 그녀의 어머니와 사라진 그 사실이 꿈만 같고 그 빈자리가 너무 커서 이성을 잃고 기도로 자신을 추스르려고 애를 쓴다.

아영은 친구 지나와 이 집사의 행방을 수소문 하는 한편 실종 신고를 한다. 그러다가 힘없이 그루터기 교회에 들어가 요셉의 등 뒤에서 기도한다. 그 두 사람의 모습이 어색하고 서글프지만 그들의 작정된 미래를 그들은 알지 못한다. 지친 두 사람의 그늘이 온 교회 안을 뒤덮는다.

사랑하는 가족과 친구와 이웃을 흔적도 없이 잃은 슬픔과 남겨졌다는 상심을 무엇으로 달랠 수가 있겠는가? 희경은 몸부림치다 온몸의 힘이 빠지자 중얼거린다.

"아버지에게 사랑한다고, 미안하다고 하고 싶었어! 바로 며칠 전의 밤이었어! 충분히 그럴 수 있었어! 아니! 그래야만 했어! 그런데 난 그렇게 안 했어! 내 미움이 한 번의 기회를 놓치게 한 거야! 내 고집과 편견 때문에 이런 거야! 이제 아버지를 다시 볼 수 없어! 은지도 잃고 말았어! 난 이제 어떡해?"

동일은 자학하는 희경을 안아 줄 뿐 그 어떤 말도 할 수 없고 그 무엇으로도 희경의 슬픔을 달랠 수가 없다. 그래서 희경은 우울증과 실어증에 걸린다.

요셉과 아영, 동일과 희경 등은 짐을 꾸려 시골 행을 선택

한다. 요셉의 승합차로 달리다가 고속도로 톨게이트 진입로 앞에서 모두가 지치고 긴장된 얼굴이다. 칩으로 통행을 검사할까 하는 걱정이 그들을 사로잡지만 다행히 기존 카드와 현금으로 계산한다. 두렵고 슬픈 기억에서 벗어나고 싶은 마음은 간절하나 그 기억들은 지울 수가 없다. 무거운 침묵으로 길을 달린다. 눈물도 막히고 말도 없다.

"부르심을 입은 사람들!" 하나님의 부르심을 입은 사람들은 세상을 떠난 사람들만이 아니다. 세상에 남겨져 쓰러진 자들을 일으켜 회복하려고 두신 그들도 하나님의 부르심을 입은 사람들이다. 세상은 그들을 흔들고 요동케 하나 세상의 요동함이 그들을 가려낸다. 그리고 그들은 그 시달림 속에서 하나님이 부르시고 어떻게 쓰실 건가를 알게 된다. 세상의 방해와 제약이 클수록 더욱 그 부르심을 확신하고 강해지는 그들만의 역동이 일기 시작한다.

두 가지 표

편리하다고 넓은 길로 가지 말며
안전하다고 세상에 속하지 말라
편리하고 안전하다 유혹해도 속지 말라

어린양의 인을 받으면
세상의 미움을 당하나
천국에서는 환영받겠고

짐승의 표를 받으면
세상에서는 대접받아도
천국은 포기함이라

모든 슬픔과 고난을 다 당하나
예수의 보혈로 내 마음의 문설주에 바르고
나를 구원하시는 하나님을 바라보리라

짐승의 표를 한 번 받고 나면
영생을 잃음이니
그 모든 소유가 다 헛것이라

세상에서 잠시 누리는 행복은 안개처럼 사라지며
세상에서 잠깐 고통당함은 없어지지 않는 영광이니
만유의 주 하나님을 볼 뿐이라

3부

두 가지 표

칩이 나오고 세상은 결코 변화를 막을 수 없다. 칩이 나온지 다섯 달 후, 마치 5년이 지난 것처럼 모든 상황은 달라진다. 칩으로 계산하고 칩으로 신원을 확인하며 칩이 없으면 살 수 없는 세상이다. 또한 특수 칩을 통해 장애인의 장애가 없어지고 모든 나라의 언어 통역 능력과 어디든지 자유롭게 다니는 등, 초능력적 인간이 많아지며 복제 인간 기술로 불임이 사라지고 인간형 로봇이 개발되어 사람들의 업무를 대신해 인력이 절감된다. 편리하고 안전한 세상이 되고 있지만 그 배후 세력은 미국 정부와 교황청이 잡아간다. 사람들은 점차로 도도해지고 인정이 메마르며 난폭해진다.

변두리 외각의 교도소에서 인간 개조 칩이 강력범들이나 무기수를 제외한 일반 범죄자들에 투입되어 석방된다. 날카롭게 생긴 교도관이 집합된 죄수들에게 호령한다.

"너희는 오늘 특수 칩을 받을 것이다! 너희는 선택하라! 이 칩을 받아 새롭게 거듭나 사회에 복귀하든지 이 칩을 거부하고 장기수가 되든지 말이다! 만일 이 칩을 받지 않는다면 장기수로 남아 어떤 죽음을 맞을지 모르나 이 칩을 순순히 받는다면 이제 너희들은 더 이상 죄수가 아니다! 인간 정신 개조를 향상하는 이 특수 칩이 너희 몸에 들어가면 너희가 품었던 나쁜 생각을 센서가 제압해 신경에 변화를 주고 사회생활에 아무런 악 영향이나 범죄 행위가 없을 것이다! 그리고 너희들은 나라를 위해 특수 부대 사병으로 다시 태어나 영어 통역 능력과 최면 실력까지 자동으로 받는 것이다! 이제 너희는 과거의 범죄를 털고 새롭게 태어나는 의미로 머리를 밀고 특수 칩을 이마에 받는다! 실시!"

모든 죄수들은 길지도 않은 머리를 자신들의 손으로 삭

발하고 그들의 이마에 칩이 박힌다. 그 칩이 박힐 때 순간적인 전율을 느낄 뿐 다른 이상은 없다. 그들 중에 인규가 있다. 그들은 칩을 받고 몸에 붙는 검은 색 제복으로 갈아입는다. 마치 우주인 군단 같은 그들 눈에는 초점이 없다. 창백하고 무표정한 얼굴과 그들의 차림새에서 알 수 없는 냉기가 감돈다.

방 목사의 거실에서 이 사모가 혼자 기도한다.

"오! 주여! 우리를 지켜주소서! 우리 방 목사를 붙들어 주소서!"

방 목사가 방에서 나온다.

"여보! 그러지 말아요! 난 이미 뜻을 정했소!"

"여보! 제발 그것만은 받지 마세요!"

"돌이킬 수가 없어요!"

"아니요! 돌이켜야 해요! 우리 딸 안나가 그렇게 반대하며 당신을 막았잖아요!"

"나도 그래서 여태껏 기다렸잖소!"

"당신이 그걸 받고 어떻게 온 교인들 앞에서 말씀을 전할 수 있겠어요?"

"상관없어요! 동료 목사들 봐요! 그걸 받고 다들 부흥하고 좋아졌는데....... 그건 편견이오! 그걸 안 받으면 살수가 없어요! 당신도 같이 받으러 갑시다!"

방 목사를 잡고 매달리던 이 사모가 돌변해 정색하고 나선다.

"당신이 그렇게 정 그걸 받고 싶다면 나와 이혼해 주고 하세요!"

이 사모가 필사적으로 나오자 방 목사가 주춤거린다.

"허허! 이 사람이....... 알았소!"

방 목사는 방안으로 들어가고 이 사모는 주저 앉아버린다.

전라도 한 시골 농지에서 요셉과 동일이 논에서 일을 한다. 서투른 삽질을 하는데 요셉의 아버지 나광석 장로가 나선다.

"아따! 농사 잘 짓네이! 나 혼자 농사짓다가 일꾼 많아졌고만...삽질은 이러코롬 하는 거여! 발에 힘을 팍 줘 버리랑께!"

"알았어라! 아부지!"

"흙은 속이는 법이 없는 거여! 흙은 하나님 주신 진리랑께!"

요셉과 동일은 나 장로 특유의 사투리에 한바탕 웃으며 흙을 판다. 희경이 새참 광주리를 들고 온다. 희경은 좀 불만스런 얼굴로 말없이 먼 산만 물끄러미 바라본다. 그런 희경을 동일이 일으켜 데리고 빈들로 간다.

"너무 그러지 마! 잊을 건 잊고 버릴 건 버려야지, 언제까지 그렇게 살거니?"

희경은 말이 없다.

"아영 씨는 몸도 무거운데 어디 갔나?"

희경은 대답도 않고 일어나 걸어간다. 동일은 희경을 안쓰러운 눈길로 지켜보며 희경의 이름을 부른다.

"희경아! 너무 멀리는 가지 말고 요 근방만 돌다 와!"

아영은 만삭인 몸으로 혼자 부엌에서 밥을 한다. 어설프게나마 국을 끓이고 김치를 썬다. 요셉 일행이 들어온다.

"어서 씻고 식사하세요!"

"예! 아영 씨! 수고 많아요!"

"뭘요? 다들 일 하시는데요!"

나 장로가 거든다.

"아따! 서울 처자가 곱게 생겨서 요로코롬 앙팡지네요!"

"뭐 할 줄 아는 게 있어야죠!"

"아니여! 얌전하고 참하고만……"

뒤늦게 희경이 들어오자 동일이 눈짓한다.

"어디 갔다 오는 거야? 아영 씨 좀 돕지……"

희경이 아무 말 없이 방으로 들어가 버리자 나 장로가 혼자말로 중얼거린다.

"같은 여자인디 다르고만…… 나이도 더 많은 거 같고만……"

요셉이 멋쩍은 표정으로 나 장로에게 손을 흔들면서 눈짓한다.

"아버지! 그런 말씀 마세요!"

"야야! 나가 나의 입 가지고 맴대로 말도 못혀냐! 다들 일을 하고 이 처자는 홀몸도 아닌 몸으로도 일을 하는디…… 다섯 달이 넘도록 일 한 번 안 하잖여!"

아영이 무안해 하는 기색을 나타내자 요셉이 상을 들고 방으로 들어간다. 밥을 그릇에 퍼담는 아영의 모습은 누가 봐도 소박한 옛 여인네의 정겹고 아름다운 자태이다. 그런 아영을 요셉이 보며 다가간다.

"이리 주세요! 나도 밥은 잘 퍼요!"

"그냥 제가 할게요!"

두 사람을 지켜보던 나 장로가 낀다.

"나가 살림한 지 삼십 년이 넘는당께! 밥은 후딱 퍼야 김이 안 새제이 김 새 버리문 밥 맛 없는 거여!"

모두가 방안으로 들어가 나 장로가 식사 기도를 한다.

"사랑의 하나님 아버지! 오늘 하루도 노동을 하게 하시고 일용할 양식 주시오니 무한 감사하옵나이다! 이것 묵고 우리가 하나님의 영광 위해 살도록 축복해 주옵소서! 예수님의 이름으로 기도하옵니다. 아멘!"

방 안 가득한 풍성함을 느끼며 밥을 먹는다. 이 행복감이 얼마나 갈 것인지 아무도 알 수 없지만 이 순간을 모두 즐기려 한다. 지난 아픔과 미래의 불안을 잊고 싶은 것이다.

저녁 식사 후 모두가 설거지를 하는데 희경 혼자 방안에 움츠리고 앉아 있다. 동일이 일을 마무리하고 들어와 희경 곁에 앉는다.

"제발 그만 좀 해라! 여기 있는 사람들 모두 너처럼 사랑하는 사람을 다 잃었잖아? 그래도 다들 잘 견디려고 하는데 너 혼자 이러면 되냐?"

희경은 대꾸 없이 벽만 본다.

"희경아! 이러지 좀 마라! 너보다 어린 아영 씨도 저렇게 살려고 하는데 정신 좀 차려! 너 이런 사람 아니었잖아!"

동일은 희경의 양편 어깨를 잡고 흔든다. 희경이 동일을 노려본다. 그리고 동일의 팔을 걷어 내린다.

"나 그냥 좀 놔둘래?"

희경이 얼마만 인지 모를 말 한 마디를 매몰차게 내뱉고 밖으로 나가 버리자 동일은 깊은 한숨을 내쉬며 바닥에 앉아 버린다.

요셉은 외양간을 돌아본다. 아영이 바람을 쐬며 생각에 잠기는 광경을 요셉이 발견하고 다가선다.

"바람이 춥지 않아요?"

"아니요! 괜찮은데요."

"답답할 거예요! 텔레비전도 없고 컴퓨터도 없고 휴대폰도 안 되는 두메산골 시골에서 세상과 담을 쌓게 해서 미안하게 생각해요!"

"왜요? 저는 좋아요! 무서운 세상을 잠시라도 잊게 해 주셔서 감사하고 있어요!"

"그래요? 난 도시가 싫었죠! 그러면서도 늘 똑바로 사는 척 했죠!"

"지나 보고 싶으시죠?"

"지나는 참 다정하고 따뜻했죠! 각박한 세상에서 외로움을 달래주던 좋은 친구였죠!"

"그랬었죠! 걔는 늘 어렵고 힘든 사람들을 도왔으니까요. 나도 그래서 여기까지 온 거구요!"

요셉은 씁쓸한 웃음을 지으며 자리를 털고 일어나 퇴비통을 옮긴다. 아영이 옆으로 가 같이 거들다가 눈이 마주친다.

"그냥 있어요! 혼자 해도 되니까......"

"일은 같이 해야 좋아요!"

"몸이 무겁잖아요! 언제가 예정일이죠?"

"얼마 안남았지만 괜찮아요! 아직 몸이 무거운 것 같지 않아요!"

"정기적으로 병원 가서 검사를 해야 되는데....... 출산은 병원에서 해야죠!"

"글쎄요? 병원 갈 형편이 아닌데요."

두 사람은 정리를 한다. 아영이 일을 돕다가 갑자기 산통을 느끼며 쓰러진다. 요셉이 놀라 아영을 잡는다.

"왜 그래요?"

"아기가 나오려나 봐요!"

"그럼, 병원 가야죠!"

"아니요! 나 여기서 낳고 싶어요!"

"예?"

갑작스런 상황에 요셉은 어쩔 줄 몰라 소리친다.

"여기 좀 보세요! 아영 씨가 아기를 낳으려고 해요!"

요셉의 고함에 놀라 잠자리에 든 동일과 나 장로가 방문을 연다.

"뭔 일이여!"

"아버지! 아기가 나오려고 해요!"

"이게 뭔 일이다냐! 시방 아그가 나온다는 것이여!"

세 남자가 당황해 정신이 없다. 요셉이 아영을 안고 방안에 들어가 눕힌다. 동일은 희경이 자는 방에 들어가 희경을 깨운다.

"야야! 아영 씨 애 낳는데! 좀 일어나 봐!"

동일이 아무리 흔들어도 꼼짝 않자 동일이 화를 낸다.

"너무 한다! 너! 여자가 없어서 그러는데......"

동일이 방문을 쾅! 닫는다. 희경이 이불을 헤치고 방문을 본다.

"날 그냥 둬!"

나 장로는 아궁이에 장작을 넣어 물을 데우고 동일은 서성거리다가 속옷으로 기저귀 거리를 만든다. 요셉은 민망한 얼굴로 아영의 치마를 걷고 하의를 벗긴다.

"나 괜찮아요! 그러니까 도와주세요!"

아영은 허덕이며 요셉을 잡는다. 요셉은 곤혹스러움을 떨치고 침착 하려고 애를 쓴다. 아영의 태문이 열리고 태아가 보이자 요셉이 신기해하며 반색을 한다.

"아기가 나오려고 해요! 조금만 힘을 줘 봐요!"

"아기 받아 주세요! 나가지 말고......"

"알았어요! 힘을 줘요! 나오려고 해요!"

아영의 몸부림이 극에 달하고 피투성이인 태아가 빠져나온다. 요셉은 아기를 들고 환호성을 지른다. 아영은 정신을 놓는다.

"아기가 나왔어요!"

나 장로가 밖에서 듣고 한 마디 한다.

"탯줄부터 잘라라! 이 놈아!"

요셉은 소독한 위생 가위로 탯줄을 자른다.

"이제부터 내가 너의 아빠다! 내가 너를 받았다!"

동일이 고개를 돌리고 더운물과 옷가지들을 들고 들어간다.

"뭣이여?"

나 장로가 조급하게 묻자 요셉과 동일이 동시에 외친다.

"아들이요!"

나 장로는 땅바닥에 무릎 꿇고 기도한다.

"생명을 주신 하나님! 감사합니다! 아기 예수 같은 아기 주셔서 감사 드리나이다!"

모두가 환희의 웃음으로 온 집안에 가득하고 밤은 깊어 간다.

아영이 신음하며 서서히 깨어난다.

"아기! 아기는요?"

요셉은 물수건으로 막 닦은 아기를 보이고 아영에게 안겨준다.

"아기가 참 잘 생겼어요! 아들입니다!"

"고마워요!"

"내가 아기를 받았으니까 내가 아기 아빠 된 거죠!"

"무슨?……"

"친부 나타날 때까지 내가 아기 양부가 되고 싶습니다! 아기 이름 생각하는 거 있어요?"

"부름이라고 생각했어요!"

"부름? 부름은 선교단 이름이었잖아요?"

"네! 맞아요! 하나님의 자녀로 부르시길 희망해요!"

"부름! 부름아!"

"제 성을 따서 윤부름 이라구요!"

한 생명의 태어남으로 적막하던 산골 마을에 활력이 감돈다. 과거의 아픔도, 미래의 불안감도 모두 묻어 버리고 천진스럽고도 신비스러운 아기의 얼굴처럼 평화롭게 살기를 이들은 소망한다. 생명은 태어나면 곧 크고 자란다. 갓난아기가 젖을 떼고 걷기 시작한다. 부름의 돌이 되어 소박한 잔치 상이 차려져 모두의 기쁨이 된다. 도시적인 젊은이들이 시골의 인심 좋은 농민으로 변해 가는 사이 세상은 얼마나 변했을까? 시간은 멈춰 주지를 않고 세상 변화는 막을 수가 없다.

요셉을 중심으로 마을 사람들과 예배를 드린다. 희경은 낡은 피아노를 치며 조금씩 밝아진다. 동일도 희열이 넘친다.

찬양하라 내 영혼아 찬양하라 내 영혼아
내 속에 있는 것들아 다 찬양하라

좋으신 하나님 좋으신 하나님 참 좋으신 나의 하나님

부름이의 돌잔치를 마칠 무렵, 두 사람의 그림자가 나타난다. 최원철 목사와 박은서가 나 장로 집 대문을 두드린다. 인적이 드문 마을에 낯선 두 사람의 방문은 긴장감을 고조시켜 개가 날카롭게 짖는다.

"여보세요! 실례합니다!"

아영이 문을 열려고 나온다.

"누구세요?"

"여기 혹시 나요셉 씨 집 아닌가요?"

"맞는데요! 누구시죠?"

문을 여는 순간! 서로가 놀란다.

"아영 자매님?"

"목사님!"

아영이 두 사람을 집 안으로 인도한다. 요셉과 동일, 희경이 반색을 한다.

"아니! 목사님! 어떻게 찾으셨어요?"

"이 년 전에 여기 온다고 했잖아요!"

동일이 묻는다.

"그동안 뭐하고, 어디 계셨습니까?"

"저는 그냥 잘 지냈습니다! 여기 박은서 자매님이 도와서요!"

최 목사가 말을 흐리자 희경이 공격하듯 비꼰다.

"아니! 그 누구보다 휴거 되실 분이 남으셨네요! 어찌 된 거죠?"

"그러게요! 주님의 뜻을 누가 알겠습니까?"

최 목사가 난처해하자 곁에 있던 은서가 나선다.

"우리 최 목사님은 하실 일이 막중하십니다!"

강인한 눈매와 딱딱한 어조로 말하는 은서에게 모두가 압도당해 얼어붙는다. 왠지 모르는 불안함이 정신을 놓게 한다. 무거운 분위기 속에서 새벽닭처럼 나 장로가 나선다.

"뭣하는 것이여! 시방! 손님 왔는디 돌떡이라도 드리지 않고……."

아영이 그 말을 듣고 상을 차리러 부엌에 들어가고 최 목사는 굳은 표정을 애써 감추며 그 동안 심경을 밝힌다.

"저는 남겨진 이후 왜 내가 남겨졌는지 크게 실망하며 방황했습니다! 그러나 전보다 더 큰 사명감을 갖게 되었습니다! 여러분이 이렇게 모든 것을 접고 피하는 것만이 능사가 아니라 직접 부딪혀 가며 싸우는 것이 진정으로 살 길이 아닐까요?"

희경이 말을 던진다.

"지금 서울은 어때요? 많이 변했죠?"

"아니요! 뭐 생각하는 것처럼 무섭지 않아요! 제가 이렇게 온 건 좋은 곳으로 여러분을 안내하려고 왔습니다!"

"서울은 무슨 서울이요! 우리는 서울 안 갑니다!"

최 목사의 설득에 요셉이 단호하게 거절하자 희경이 반대한다.

"아니야! 그렇게 안 간다고 자를게 뭐람! 갈 수도 있는 거지……"

아영이 다과상을 들고 들어온다.

"우린 서울 안 가요! 여기는 평안이 있고 기쁨이 있어요!"

희경이 맞선다.

"부름이 엄만 뭘 몰라! 애도 키우려면 이런 시골보다 도시가 좋지…… 애도 생각해야지……"

동일이 희경을 건드린다.

"희경아! 넌 여기가 좋잖냐? 난 여기가 좋다!"

아영이 부름을 안고 심지를 굳힌다.

"우리 부름이와 난 그래도 여기가 좋아요!"

최 목사가 아영과 부름을 번갈아 본다.

"부름? 그 아이 이름이 부름? 부름은 전에 선교단 이름인데요?"

"맞습니다! 아영 씨의 아이죠!"

요셉의 말에 당황한 최 목사는 어쩔 줄을 몰라 한다.

"아이구! 아영 씨가 엄마가 됐군요! 아빠……"

아영이 부름을 최 목사에게 안겨준다.

"아이 아빠 여기 없어요!"

최 목사가 부름을 안자 부름이 최 목사의 손을 만진다. 최 목사가 손을 떨구자 부름이 울어댄다. 아영이 부름을 달랜다.

"애가 아직 어려서요. 이제 그만 쉬셔야죠!"

"네. 그러죠!"

아영, 부름과 희경, 은서가 같은 방을 쓰고 요셉과 동일, 나 장로와 최 목사가 한 방에서 잔다. 시골의 밤은 깊고 길기만 하다.

아침 일찍 요셉과 동일이 농지를 살핀다. 최 목사는 피곤해서인지 방에 늦게까지 누워 있다가 방을 나온다. 여기저기 주변을 보다가 요셉에게 다가간다.

"이제 서울 가도 상관없습니다! 뭐가 무서워서 여기 숨어 삽니까?"

"목사님이 그런 말씀을 왜 하시는 거죠? 예전에는 저희를 영적으로 가르치셨던 분이....... 좀 많이 달라지신 것 같습니다! 혹시......"

"아니요! 난 변함없습니다! 영적으로 사는 게 숨어서 사는 건 아니지요!"

"목사님은 그럼 제가 도피해 안주하는 것으로 보시는지요? 네! 전 그렇다 해도 여기가 좋습니다! 저는 도시가 싫습니다!"

"그래요! 여기서 좋은 공기와 좋은 물 마시며 직접 농사지어 먹고, 좋죠! 그러나 세상은 그렇게 사는 건 아니라는 걸 알았소! 나와 같이 세상 속으로 가서 함께 사역합시다!"

"제가 무슨 그런 일을요! 저는 그냥 여기가 좋습니다!"

"잘 생각해 봐요! 우리 예전처럼 같이 합시다!"

최 목사와 요셉이 말을 마칠 무렵 동일이 끼어 든다.

"여기가 얼마나 좋은데요. 목사님이야말로 여기서 목회하시면 우리가 힘을 얻지요!"

최 목사의 시선이 요셉에게서 동일에게 맞춰진다.

"그래요! 여기는 좋죠! 하지만 여긴 한정된 사람들이고 다들 믿잖소? 세상은 바다죠! 고기를 잡으려면 바다로 가야하고 지금, 세상은 어부가 필요해요!"

멀리서 지켜보던 나 장로가 헛기침을 한 후 소리친다.

"싫다잖여요! 시방 아침 예배 시간이랑께요!"

다 예배당 안에 모인다.

정보 시스템 파견 본부의 위치 추적기가 가동하며 요원들의 위치를 보여준다. 담당 부장들이 각 위치마다 군 요원을 투입 지원한다.

나 장로의 예배당에서 찬양을 마치고 설교시간을 최 목사에게 준다.

"에....... 오늘은 사도행전 1장 8절의 말씀을 나누고 싶습니다! 주께서 우리가 가야 할 곳을 알려 주시는데 예루살렘은 교회를 뜻하고 온 유대는 내가 머무는 나라며 사마리아는 죽은 땅이죠! 그리고 땅 끝까지 이르러 주의 증인이 되라고 하셨습니다! 땅 끝은 세상 끝입니다! 즉 말해서 모든 교회와 모든 나라들과 죽은 땅에도 세상 끝까지 주의 증인으로 들어가라는 겁니다! 피하지 말구요!"

희경이 갑자기 최 목사 앞으로 나와 박수를 치며 외친다.

"아멘! 옳소!"

동일이 희경을 잡고 들어간다.

"너 또 왜 이러니?"

"닥쳐! 임마! 놔두란 말야!"

최 목사의 빗나간 설교와 희경의 소동으로 모두 혼란스럽다. 은서가 주위를 살피며 희경의 숙소로 들어간다. 동일과 희경의 눈치를 보다가 입을 연다.

"서울 갑시다!"

희경이 일어나 반색한다.

"갈 수 있어요?"

"네! 갈 수 있어요! 지금이라도......"

동일이 반박한다.

"우리는 이미 수배범일 걸?"

"그렇지 않습니다! 세상은 전보다 더 안전합니다!"

희경의 눈빛이 번쩍인다.

"그럼 지금 가요!"

나 장로가 방문을 연다.

"뭣이여! 어딜 간다고라!"

희경이 쌀쌀하게 말한다.

"서울 가려구요!"

"아! 서울 가는 것보다 그래도 여기가 안전하제이!"

동일이 얼버무린다.

"아뇨! 아뇨! 우리가 어디 가요?"

"아니요! 나 서울 가요!"

희경이 차갑게 본다. 은서가 거든다.

"상관없습니다! 자! 준비합시다!"

나 장로가 희경 옷 가방을 빼앗는다.

"가면 안되아!"

은서가 못 마땅한 얼굴과 눈길로 쳐다본다. 동일이 심호흡하며 나 장로를 돕는다.

"그럼, 그럼요!"

나 장로와 동일이 희경의 가방을 들고 나가자 은서가 희경의 어깨를 만진다.

"떠나게 해 줄게요!"

은서의 무표정한 얼굴에서 무엇인가 섬뜩한 냉기가 돈다.

요셉이 예배당을 정리하고 논으로 갈 무렵 최 목사가 한마디 던진다.

"좀 생각해 봐요! 나와 세상에 들어가 일합시다! 피하지만 말고......"

나 장로와 동일이 요셉에게 온다.

"서울서 온 양반들 왜 저러냐?"

"아버지는 신경 쓰지 마세요!"

"허참!"

"자! 가죠!"

동일이 쟁기 등을 가지고 논으로 향한다. 최 목사가 팔짱을 끼고 멀어져 가는 그들을 물끄러미 본다.

위치 추적 본부에서 투입된 군부대가 출발한다.

초저녁 아영은 밥 짓는 일로 분주하고 희경은 방안에 누워있다. 부름은 앞마당에서 아장아장 걷고 최 목사와 은서는 눈빛으로 대화를 나눈다.

"오늘 밤!"

"오늘 밤!"

요셉 일행이 돌아와 씻고 저녁을 먹는다. 저녁 식사 후 기도회를 마치고 잠시 나 장로 혼자 주변을 도는데 데리고 나온 개가 유난히 짖어댄다.

"뭣이여! 뭣 땜시 요로코롬 짖어 댄디야?"

나 장로 등 뒤에서 검은 그림자가 덮친다.

"윽!"

나 장로가 쓰러지고 개가 소란스럽게 짖어대자 검은 그림자가 사라지고 요셉이 다가와 나 장로를 보고 소스라치게 놀란다.

"아버지!"

요셉이 비명을 지르자 동일과 아영 등이 손전등을 들고 나와 비춘다.

"장로님!"

빛을 비추자 나 장로의 복부에서 피가 치솟는다.

"아버지!"

요셉과 모두 사람들이 두려움에 떨며 나 장로를 마루로 옮기자 총을 맞은 나 장로의 복부에서 피가 끝없이 흐르고 나 장로는 신음하며 의식을 잃어 간다.

"아버지! 누구예요? 누가 이런 짓을 했어요?"

"모른다! 몰라야! 요리 와 보라, 그리로 가거라! 알긋냐이?"

나 장로는 힘을 다해 귓속말로 요셉에게 말하지만 요셉

은 통탄한 기분이다.

"시키는 대로 혀라! 이 애비 부탁이여!"

"아버지! 그럴 수 없어요! 나 살겠다고 아버지를 두고는 갈 수 없어요!"

"어여 가거라! 안 그러면 너희도 죽는다! 시키는 대로 혀라!"

나 장로는 말을 흐리고 숨을 거둔다. 요셉이 나 장로의 주검을 흔들며 소리친다.

"아버지! 일어나세요! 아버지!"

아영과 동일이 요셉을 일으킨다. 요셉이 뿌리친다.

"이거 놔요! 날 좀 놔둬요!"

아영이 요셉을 붙든다.

"아버님 부탁이잖아요!"

동일도 거든다.

"어서 피하라고... 우리 다 죽는다고......"

아영과 동일 눈물을 훔치며 나 장로의 시신에 천을 덮는다. 최 목사가 방안에서 나온다.

"우리 고인을 기리며 기도합시다!"

요셉이 최 목사를 쏘아보더니 그 멱살을 쥔다.

"당신이지? 당신이 우리 아버지 죽인 거야! 수상했어!"

최 목사는 아무 대답 없이 휘둘림을 당한다.

"대답해! 어서! 대답을 해!"

요셉이 최 목사를 몰자 곁에 있던 동일이 힘을 다해 두 사람을 떨어뜨린다.

"목사님은 쭉 나와 방안에 있었고 나오지 않았어!"

요셉의 격분함이 극에 달해 소리친다.

"그럼 누구야!"

때마침 은서와 희경이 맞은편 방에서 나오자 요셉이 은서에게 손짓한다.

"너지? 네가 했지?"

희경이 거만한 눈빛으로 요셉을 본다.

"뒤집어씌우지 마! 내가 같이 있었어!"

사람은 피나 불을 보면 흥분하고 이성을 잃어버린다. 평온했던 시골 마을이 나 장로의 죽음으로 삽시간에 모두 험악한 맹수처럼 변해간다. 아영이 나 장로의 시신 옆에서 입을 연다.

"우리 빨리 떠나야 해요! 안 그러면 아버님 말씀대로 우리 다 죽어요!"

요셉이 주저앉아 흐느낀다.

"그럴 수는 없어!"

"아버님의 부탁을 헛되게 하지 마세요!"
"아버지를 이대로 두고 떠날 수는 없어요!"
동일이 눈물을 닦고 무겁게 입을 연다.
"화장합시다!"
요셉이 한동안 고개를 숙인 채 가만히 있다가 일어선다.
"서둘러요! 이곳을 떠납시다!"
동일이 요셉을 안고 운다. 희경과 은서는 방에 들어가 짐을 꾸린다. 아영은 힘겹게 일어나 부름을 데리고 나오려고 방에 들어가지만 부름이 없다.
"부름아! 어디 갔니?"
아영이 불안감에 휩싸여 불러 봐도 부름이 나타나지 않자 아영은 울부짖으며 찾아다닌다.
"부름아! 어디 있니?"
모두 긴장된 상태에서 아영은 흐느낀다. 그러고 나서 다시 방안에 들어가 장롱 문을 열자 그 속에 부름이 숨어 있다.
"엄마!"
"그래! 부름아!"
아영이 부름을 안고 기도한다.
"하나님! 감사합니다!"

아영도 떠날 준비를 한다. 요셉은 참참함과 슬픔을 자제하며 나 장로의 정든 집에 기름을 끼얹는다. 그리고 모두 앞에서 불을 던지자 삽시간에 불길이 온 집을 삼켜버린다.

"아버지! 아버지......"

요셉은 무릎을 꿇고 절규한다. 그런 요셉을 아영이 끌어안는다.

"우린 살아야 해요! 하나님! 우리에게 힘을 주소서!"

요셉과 아영의 슬픔이 깊기만 하다. 요셉은 일어나 외양간에서 소를 풀어 놓아주고 여러 가지 씨 종을 모은다. 승합차를 끌고 나온다.

"가죠!"

아영과 부름, 동일이 차에 오르는데 희경이 소리친다.

"난 딴 데로 갈 거예요!"

동일이 차에서 내려온다.

"뭐야! 무슨 소리야!"

희경에게 최 목사와 은서가 붙는다.

"우리는 서울로 갈 겁니다!"

최 목사의 말에 요셉은 굳어진다.

"그렇게 하시죠!"

"우리 같이 서울 갑시다!"

"아니요! 난 아버지 부탁을 따라야 합니다!"

요셉과 최 목사의 신경전이 팽팽하자 동일이 안절부절못한다.

"희경아! 그러지 말고 차에 타자!"

"아니! 난 서울 갈 거야! 너나 차 타!"

"내가 너와 헤어질 수는 없지……."

동일이 희경에게 연연하자 요셉이 시동을 건다.

"결정하시죠!"

"별수 없어요!……"

동일이 차에서 내리자 요셉은 인사도 없이 차를 몬다. 시골의 비포장 길을 어둠을 가르며 달린다.

"후회 않겠죠?"

요셉의 비장한 물음에 아영 또한 담담한 표정이다.

"제게는 후회가 없어요!"

"우린 이제 같은 길을 가는 겁니다!"

두 사람은 말은 없어도 같은 생각과 같은 감정에 맞춰진다.

최 목사 일행은 조금 빠르게 걷는다. 동일이 지름길로 인도해 요셉의 차와 만나고 요셉이 차창을 연다.
"타시죠! 큰길까지만 태워 드리죠!"
희경은 지쳐 쓰러질 듯 힘겨워 한다. 요셉은 모든 것을 접어버린 얼굴이다.
"이 차 갖고 가시죠!"
요셉의 그 한 마디 말에 모두가 놀란다. 요셉은 운전석에서 내려와 자신의 가방 하나만 꺼내 메고 최 목사와 동일을 번갈아 본다.
"타시죠!"
"어쩌려고요? 차도 없이......"
동일이 걱정스런 안색이다.
"어차피 산중엔 차도 못 갖고 가죠!"
희경이 재빨리 차에 오른다.
"잘됐어요! 고마워요!"
아영이 소리친다.
"안돼요! 이럴 수는 없어요!"
요셉이 아영을 본다.
"당신도 같이 가요!"
"아니요! 난 당신과 같이 갈 거예요!"
아영은 부름을 안고 가방을 집어 잡고 차에서 내려온다.

"고마워요! 요셉 형제!"

최 목사가 요셉의 어깨를 잡는데 그 느낌이 예사롭지 못하다. 요셉은 빨리 피하고 싶은 예감이다. 최 목사가 운전석에, 은서가 보조석에 올라앉는다. 동일이 아쉬움과 미안한 내색을 감추지 못한 채 울먹인다.

"그 동안 참 많은 신세졌는데 갚지도 못하고, 이렇게 차까지 받아 타고 가서 면목 없어요!"

"아닙니다! 신세는요! 형님처럼 제가 더 든든했죠! 기도하겠습니다! 잘 가세요!"

"내가 희경이만 아니면 같이 가겠는데....... 그럼 갈게요!"

두 사람은 포옹을 하고 동일은 내키지 않는 걸음을 옮겨 차에 올라앉는다.

"잘 가요! 아영 씨! 부름아! 안녕!"

최 목사는 유유히 차를 몰고 사라진다. 이들의 엇갈린 생사 길을 누가 막을 수 있는가? 그들은 장차 어떠한 일들이 벌어질지 전혀 모르고 이렇게 헤어진다. 요셉은 아영의 가방을 받아든다.

"괜찮아요? 그냥 희경 누님과 같이 갔으면 이런 고생 안 할 텐데......"

아영이 요셉을 바라본다.

"네! 이렇게 걷는 것도 좋은데요."

"우리 도착하는 대로 결혼합시다!"

"저는 애 딸린 여자예요!"

"결혼하죠! 우리!"

"지나가 지켜 볼 거예요! 친구의 사랑하던 사람을…… 그건 배반이지요!"

"지나는 이미 떠난 사람이고 이해해 줄 겁니다."

"전 여러 모로 부족한 사람예요!"

"난 지금 외롭습니다! 살기 힘든 사람이고 누군가의 위로가 필요합니다! 더 이상 무슨 설명이 필요한 거죠?"

두 사람은 침묵한 채 길을 걷는다. 달빛을 빛으로 삼고 캄캄한 길을 걷고 있는데 저 만치서 희미한 불빛이 다가온다. 여러 대의 군용 지프차가 라이트를 밝히며 달려오는 것을 보는 순간 요셉이 아영을 끌고 숨어 지켜본다. 네 대의 차가 나 장로의 집 쪽을 향해 달린다. 두 사람은 극심한 불안감에 치를 떤다. 차들이 멀어지자 요셉이 부름을 업고 달린다.

"어서! 어서 뛰어요!"

"왜요? 왜 그래요?"

"저들은 우리를 잡으러 왔어요! 아직은 우리가 잡힐 때가 아니죠!"

"어떻게요?"

"누군가 신고한 것 같아요! 빨리 뛰어요! 어서!"

두 사람이 정신없이 달리는데 또 멀리서 그 차들의 빛이 보이자 길가 숲에 숨는다. 차들이 자취를 감추자 두 사람은 숨을 몰아쉰다. 부름이 운다.

"엄마!"

"오! 그래! 우리 아가!"

아영이 부름을 안고 달랜다. 요셉이 아영의 손을 잡는다.

"우리 결혼합시다!"

아영이 요셉에게 안겨 흐느낀다.

"네! 알겠어요!"

두 사람은 안도의 숨을 쉰다.

"이제 가죠!"

요셉이 아영을 일으킨다. 그들은 멀고도 험한 길을 간다. 가고 가도 또 가야하는 험난한 길이다. 인적을 피해 산을 넘어야 하는 무섭고 힘든 길이라 해도 그들은 포기하지 않는다.

희경 일행의 차는 차도를 달린다. 동일은 왠지 불안감을 느낀다. 눈치를 살피고 있는데 최 목사와 은서가 암시적인 대화를 나눈다.

"곧 도착하겠지?"

"그럴 겁니다! 아까 출발한다는 연락 받았으니 곧 만나게 될 것 같습니다!"

"그 노인네는 무엇으로 해치웠어?"

"무소음 총탄으로........"

"잘했어!"

그 두 사람의 말을 듣고 동일이 눈을 부라리며 소리 지른다.

"무슨 소리야! 당신들 뭐야! 당신들 정체가 뭐야!"

은서가 총을 겨누며 소리친다.

"시끄러! 너도 죽고 싶어?"

동일이 차 문을 두드린다.

"열어! 열지 못해!"

희경도 놀라 떤다. 동일과 함께 차 문을 발로 찬다.

"이것들 안 되겠네."

은서가 동일의 발에 총을 겨냥해서 쏜다.

"악!"

"동일아!"

희경이 울부짖는다. 동일의 발에서는 피가 흐르고 희경은 가방에서 꺼낸 옷가지로 동일이 발을 묶어 지혈시키려 한다. 피가 바닥에 고인다. 희경이 은서를 쏘아본다.

"이게 무슨 짓이야?"

"조용히 해! 죽지 않아!"

동일이 심호흡을 한 후 최 목사를 주시한다.

"왜 그랬어요? 왜 하나님을 배신한 거요? 말해!"

최 목사는 유유히 운전을 하다가 차를 길가에 세운다.

"내가 하나님을 배신한 게 아니지....... 그가 날 배신한 거야! 내가 그토록 충성을 했어도 그는 날 버렸어! 그래서 난 다른 주인을 받아들였지......."

최 목사가 자신의 오른손 등을 보인다. 그 손에 박힌 칩이 빛난다. 동일과 희경은 소스라치게 놀라고 희경이 울부짖는다.

"당신들이 그럴 수가......."

은서가 모자를 벗고 앞머리를 손으로 넘기자 그녀의 이마에도 칩이 박혀 있다. 희경이 고개를 흔든다.

"미쳤어! 당신들은 미친 거야!"

최 목사가 시동을 다시 걸며 씁쓸히 말한다.

"곧 당신들도 받게 될 거야! 이걸 거부 할 인간은 없어!"

동일과 희경은 발악한다.

"아니야! 그럴 수 없어!"

"안 돼! 난 아니야!"

심한 충격과 피를 많이 쏟은 연유로 동일은 의식을 잃고 희경은 동일을 흔든다. 차가 다시 출발하려는데 나 장로 집에 갔던 군 지프차가 뒤에서 온다. 지프차의 일행을 만난다. 그 지휘관과 사병들이 차에 도착한다.

"연락 받고 왔습니다! 은둔자들을 고발한 공로는 온라인으로 적립될 것입니다!"

최 목사가 차에서 내려 지휘관과 악수하고 사병들이 빠르게 차에서 떨고 있는 희경과 의식이 없는 동일을 끌어내려 지프차에 태운다. 최 목사는 타고 왔던 차를 몰고 간다. 은서는 지프차에 오른다.

최 목사는 달리다가 차 안에 있는 요셉의 성경책을 보자 비웃는다.

"한심했지……."

혼자 말을 내뱉더니 차창을 열고 성경책과 찬양 음반 등을 던져 버린다. 원철은 미친 듯이 웃는다. 지난날들의 모든 기억을 던져 버리고픈 마음이다.

희경은 지프차 안에서 부들부들 떤다. 지휘관이 희경을 잡는다.

"너무 겁내지 말아요!"

희경이 벌레를 던지듯이 그 손을 뿌리친다.

"놔요!"

"곧 아가씨도 이해 할 거요!"

지휘관이 담요로 희경을 덮어주고 은서를 본다.

"다른 사람들은 없나?"

"도주자 두 명이 있는데 그 자들 어린애한테 위치추적 센서를 부착해서 곧 알아낼 수 있을 겁니다!"

"수고했다! 자네의 능력은 상부에서 치하 할 걸세!"

"알겠습니다!"

날은 밝아오고 서울이 가까워진다. 대형 건물들이 줄지은 도시는 변함없어 보인다. 그러나 왠지 사람들과 차가 붐비지 않아 희경은 유심히 본다. 차는 한 대형 건물 앞에 세워지고 동일은 의료진들에게 넘겨져 입원실에 들어가고 희경은 최신식 수용소로 두 사람의 간수 손에 이끌려 들어간다. 수용소에 갇힌 사람들은 모두 조용히 앉아 기도를 하거나 누워서 신음한다. 그들의 몸은 아무 상처가 없는데도 아파하고 신음 소리마저 들릴 듯 말 듯 희미하다. 수용소 같지 않은 최신 건물에 많은 사람이 갇혀 보이지 않는 고통에 시달리는 모습에서 더 크고 깊은 불안을 느끼게 한다.그 와중에 희경은 독방에 갇히자 불안한 공포가 더한다.

동일은 발의 상처가 지혈되고 꿰매어지고 링거를 맞는 등 응급처치를 받고 의식을 찾는다. 그러나 그 옆에 은서가 지키고 있고 비몽사몽간 동일의 눈과 은서의 눈이 마주치자 은서의 눈빛에 빠져 들어가 온 몸의 힘이 빠지고 그 마력에서 헤쳐 나오기 힘들어 한다. 동일은 부르짖는다.

"하나님! 도와주소서! 하나님 구원하소서!"

은서의 초점이 흔들리자 은서가 미소를 짓는다.

"깨어났군요!"

동일은 몸을 일으키려 한다.

"당신! 당신은........"

은서가 동일을 다시 눕힌다.

"좀 더 누워 있어요!"

"희경! 희경인 어디 있는 거야!"

은서가 동일을 노려본다.

"밤에 다시 올게요!"

"희경이를 만나게 해줘!"

"때가 되면 만나요! 이따 봅시다!"

은서는 알 수 없는 웃음을 흘리며 사라진다. 동일은 다시 잠이 들고 만다.

희경은 아무런 고문이나 수사 심문도 없어 더욱 초조하게 서성거린다. 천장에 붙은 감시 카메라를 발견하지만 모르는 척 한다. 쪽문이 자동으로 열리고 식사가 들어온다. 밥 한 공기와 된장국, 김치와 계란 프라이, 고기볶음까지 믿을 수 없는 융숭한 식단에 놀란 희경은 허기로 인해 허겁지겁 밥을 먹는다. 식사를 다 하자 갑자기 희경의 시야가 흐려지고 희경은 곧 깊은 잠에 빠진다.

희경이 잠을 깨려는데 눈앞에서 작은 불빛이 어른거린다. 낯선 남자의 나지막한 음성이 들리기 시작한다.

"김희경 씨! 당신은 이제부터 자유다! 모든 일이 가능하고 모든 곳에 다 갈 수 있다! 돈이 없어도 풍요롭게 살 수 있는 집과 일터를 부여받는 혜택을 즐긴다!"

희경의 정신이 혼미한 중에 계속 그 음성은 들려온다.

"당신의 과거는 어땠지? 슬픔과 좌절, 아버지에 대한 분노와 배신이었지? 그래....... 얼마나 한 많은 삶이었어?"

희경이 눈물을 흘린다.

"난 외로웠어요!"

"그래! 당신은 외로웠어! 이제 당신은 행복해질 수 있어! 당신이 선택만 잘 하면 그 불행은 끝이야! 여기 칩이 보이지? 이 칩을 당신 몸에 넣기만 하면 온 세상은 당신 꺼야! 그러나 이 칩은 당신의 선택에 의해 넣는 거지 절대로 강제로는 안 하지!"

희경이 무아지경에서 헤맨다.

"음....... 칩이요......."

"그래! 아주 작은 칩이지……."
"칩!……칩? 칩은 안 돼!"
희경이 눈을 감았다 떴다 하면서 정신을 차려 외치자 사내가 멀어진다.
"아직 안되겠군! 당신은 혹독한 맛을 보게 된다!"
희경은 겁에 질려 울부짖는다.
"동일아! 한동일! 어디 간 거야!"
희경은 극복하기 힘든 공포에 시달린다.

요셉과 아영은 지쳐 힘들게 산을 넘는다. 부름은 울고 목마름과 굶주림에 허덕인다. 요셉이 바위에 앉는다.
"좀 쉬어가죠!"
"이럴 줄 알았으면 주먹밥이라도 챙겨 올 걸 그랬어요!"
"미안해요! 고생시켜서……"
"아니요!"
요셉과 아영은 다시 걷다가 옹달샘을 발견하고 황급히 물을 마신다. 그런데 부름이 샘 근처의 풀을 뜯어 먹는다. 아영이 놀라 부름을 안고 풀을 빼앗는다.
"부름아! 안 돼!"

그리고 그들은 다시 걷는데 부름이 칭얼거린다.

"부름아! 왜 그래? 엄마 있잖아!"

"부름이가 어디 아픈가 봐요!"

두 사람은 부름을 내려놓고 부름의 이마를 만진다.

"열이 있어요! 아무래도 아까 그 풀독이 오른 것 같아요!"

"부름아! 부름아!"

"빨리 거기 가야겠어요! 조금만 더 가면 도착해요!"

"어서요! 부름아!"

부름을 요셉이 둘러업고 온 힘을 다해 뛴다. 아영은 울부짖으며 따라간다.

"부름아! 부름아!"

부름은 더 울어대고 해는 저물어 간다.

"부름이 온몸이 뜨거워요! 부름아!"

"빨리 갑시다!"

두 사람은 더욱 다급해진 걸음이지만 산세는 험하고 날은 어두워 간다. 모든 힘을 다해 달리고 또 달린다.

침대에 앉아 있는 동일은 심한 현기증과 피곤함이 가셔지지 않는다. 눈앞이 어른거려 계속 희미한데 은서가 붉은

롱 드레스를 입고 짙은 화장 차림으로 들어온다.

"한동일 씨! 좀 어때요?"

"근데 왜 이리 어지러운지..."

은서가 동일의 얼굴을 감싸 만진다.

"곧 괜찮아질 거야! 당신은 내 눈을 봐!"

동일이 은서의 눈길을 피한다.

"난 여기서 나가야 돼!"

은서는 동일의 얼굴을 힘세게 붙잡는다.

"내 눈을 봐요!"

"아니! 안 봐!"

"내 눈을 봐야 돼!"

동일이 은서의 눈길을 거부하려들지만 그 강압적인 눈빛에 빠져들고 만다.

"한동일! 당신은 나의 노예가 될 것이다! 내가 시키는 대로만 하면 너에게 자유를 주지......."

"예!......"

"나는 너를 사랑한다! 한 가지만 선택 해!"

동일이 웃음을 짓는다.

"예!...... 그래요!"

"한 가지만....... 선택해! 칩을 받아!"

"칩!...... 칩? 안 돼! 그건 안 돼!"

"왜? 왜 칩을 받으면 안 되는데......"

"그건....... 내 영혼을 버리는 거니까......"

"아니야!...... 자유롭게 되는 거야! 수많은 목회자들과 신도들도 이 칩을 선택하고 새로운 인생을 살고 있지....... 칩을 받아라! 칩을 받아라!"

"안 돼!...... 하나님! 예수님의 구원을 믿습니다!"

"칩을 받아!"

동일이 정신을 차리자 은서는 소리치고 동일은 눈을 감는다.

"차라리 날 찢어! 차라리 날 죽여라!"

"안 되겠군!"

은서가 씁쓸한 웃음을 흘리며 자취를 감추고 동일은 캄캄한 방에서 소리 지른다.

"하나님! 저를 혼자 두지 마소서! 도와주옵소서! 희경이도 지켜 주옵소서! 주여!"

동일의 간절한 기도에 아무 응답은 없지만 그래도 미약한 힘을 느낀다.

"이 숨 막힐 듯한 두려움에서 저를 붙잡으소서!"

예측 못할 알 수 없음이 더욱 동일의 목을 조른다.

희경은 허기진 몸으로 독방의 깜박이는 불빛 때문에 정신이 산만하다.

"이러지 마! 난 아파! 날 그냥 두란 말이야!"

희경은 손으로 얼굴을 가리다가 앉아서 다리 사이에 고개를 묻고 괴로워하며 그냥 쓰러져 누워 버렸지만 시끄러운 소음이 갑자기 들리는 바람에 소스라치게 놀라고 만다.

"뭐야! 이것들아!"

"칩을 받아라! 칩을 받아라!"

희경은 두 손으로 귀를 막는다.

"안 돼!"

희경은 소리칠 힘도 없어 허우적거린다.

캄캄한 밤, 어느 산지 마을에 요셉과 아영이 이른다. 그 마을은 나무와 넝쿨로 우거져서 발견하기가 쉽지 않고 누군가 지키고 있다. 맹수들의 접근을 막아 그 입구를 찾기도 힘들고 그로 인해 아영은 무서움에 비명을 지른다. 부름은 의식을 잃은 채 요셉의 등에 업혀 있고 모두들 지쳐 있다.

"여보세요! 누구 없어요?"

"살려 주세요! 제발......"

요셉과 아영이 목이 쇠도록 불러보았지만 인기척이 없자 요셉은 한숨을 쉬며 서성거리고 아영은 주저앉아 흐느낀다.

"정말 여기가 아버님이 가라고 하신 곳 맞아요?"

그렇게 그들이 그 곳을 떠나지 않자 부스럭거리는 소리가 들리고 요셉이 외친다.

"여보세요! 우리 나쁜 사람들 아니에요! 제발 우리를 외면치 말아줘요!"

검은 그림자 둘이 나타난다.

"너희는 어디서 온 누구냐?"

"너희 정체를 밝혀라!"

요셉과 아영은 놀라 두 손을 든다.

"우리는 전라 공동체에서 살다가 칩을 피하기 위해 여기까지 왔습니다!"

"제발 살려 주세요! 아이가 죽어 가요!"

검은 그림자들은 총대를 들이민다.

"너희가 우리를 속이고 우리 집단에 침투한 거라면 너희는 죽는다!"

"끌고 가자!"

그들은 요셉과 아영을 끌고 그들의 요새로 들어간다. 캄캄한 집들이 있고 그 중 제일 큰 건물 속으로 들어가는데 어두운 곳에서 갑자기 밝은 빛이 쏟아지는 바람에 눈을 뜰 수도 없고 온 몸은 피로와 긴장이 쌓여 쓰러진다. 안영환 대장이 나타나 황우석과 민태호의 보고를 받는다.

"너희는 이곳을 어떻게 알고 왔나? 누가 알려 준 거냐?"

요셉이 힘겹게 입을 연다.

"나광석 장로님이 제 부친이십니다!"

안 대장이 내심 놀란다.

"그래? 그 분이 너의 부친인가? 사실인가?"

"네! 그렇습니다! 이틀 전 아버님께서 돌아가시기 전에 이곳으로 가라고 하셨습니다!"

"뭐야? 아버님이 돌아가셨나?...... 몹시 힘들겠군!"

민태호가 의심의 눈길로 본다.

"이 자들의 말을 다 믿어선 안 됩니다! 좀 더 조사를 해 봐야 합니다!"

안 대장이 긴장을 푼다.

"우리는 군부대도 아니고 첩보 영화 찍는 것도 아닌데 그만 하게! 다 같은 하나님의 사람 아닌가?!"

태호가 못 마땅한 표정이다.

"그래도 위치 추적기가 있는지 조사는 해야 안전합니다!"

"조사는 너무 힘들 것 같군!"

아영이 힘을 다해 울부짖는다.

"아이가 죽어가요! 제발 아이의 독부터 해독시켜 주세요!"

안 대장이 부름을 본다.

"아이를 의료실에 데려가게!"

안 대장의 명령에 의해 우석과 태호가 부름을 의료실로 데려가자 아영과 요셉이 따라 들어가려 하지만 의료실 근무자가 막는다.

"잠시 여기서 기다려 주시죠!"

"부름아!"

아영은 목 놓아 운다. 그런 아영을 요셉이 껴 안는다.

"별 일 없을 거예요! 여기까지 지켜주신 하나님이 우리를 지켜 주실 거예요!"

두 사람은 바닥에 무릎을 꿇고 간절한 기도를 한다.

안 대장과 태호, 정선미는 부름에게 해독제 주사 후 해독을 시킨다. 태호는 위치추적 감지기로 부름의 온 몸을 살피다가 부름의 뒤 목덜미 옷자락에서 추적기를 발견한다.

"이것 보십시오!"

"그래! 있군!"

안 대장은 우석에게 무전기로 포위대를 동원한다. 대원들과 태호가 요셉과 아영을 안 대장 앞에 끌고 온다. 안 대장 얼굴이 굳어 있다.

"아이 몸에서 추적기가 나왔다!"

아영이 놀라 소리 지른다.

"그럴 리가 없어요!"

태호가 추적 센서를 보인다.

"이렇게 나왔는데도? 당신들도 감지해야겠다!"

요셉이 나선다.

"우리 몸을 물론 조사해 보시지만 그럴 리 없습니다!"

요셉이 말하다가 뭔가 스치는 생각을 떠올린다.

"아! 그 여자! 은서....... 그 여자 짓이군요!"

요셉이 그 동안 사건을 말하자 안 대장의 얼굴이 조금 편안해 진다.

"우리는 이곳에서 우리의 믿음을 위해 특수 공동체 요원으로 훈련하고 있네! 의술과 침술, 과학과 농업, 태권도와 검도, 사격과 최면술 방어력까지 우리 스스로를 지키는 힘을 훈련하고 있지. 우리는 버틸 데까지 버틸 수 있도록 방어력과 자립의 능력을 키우고 있지!"

태호는 계속 의심하는 눈초리다.

"그래도 두고 봐야 합니다! 이 사람들을 믿어선 안 됩니다!"

요셉과 아영은 그곳 숙소를 한 채 얻는다. 부름은 링거를 맞으며 잠을 잔다. 머쓱한 요셉과 아영은 서로를 바라본다. 그렇게 밤은 흐르고.......

동일은 밤새도록 약물 요법과 최면에 시달리며 악몽과 같은 밤을 보낸다. 동일은 애써 외쳐 가며 악의 세력에 굴복하지 않으려 안간힘을 쓴다.

"나는 하나님을 믿습니다! 나는 어린양의 보혈만 믿어! 나는 예수님의 구원받은 몸이다! 하나님! 저를 붙잡아 주소서! 저를 구원해 주소서!"

"아니야! 너는 칩을 받아야 자유 할 수 있어!"

귓속 이어폰에서 잔잔한 음악과 매력적인 은서의 음성이

동일의 영혼을 흔든다.

"아니! 난 예수님 안에서만 자유 해! 듣기 싫어! 그만 해! 그만!"

동일은 괴로워하다 용쓰듯 귀에서 이어폰을 빼고 마취제 링거를 팔에서 뽑아버리고 바닥에 주저앉아 기도한다.

"하나님! 도와주소서! 구원해 주소서!"

동일은 조금 정신이 맑아지는 것 같다. 숨을 몰아쉬며 편안해진다. 그러나 얼마 후 의사와 간호사들이 들어온다.

"환자 분은 이렇게 해서는 안 됩니다! 주사를 맞아야 합니다!"

"아니요! 난 그거 안 맞아요!"

"좀 더 강한 걸 투입 해!"

의사의 말에 간호사는 링거에 약을 넣는다.

"이 주사 맞고 나면 마음이 편안해질 겁니다! 쉬세요!"

"안 돼!"

그들은 동일에게 주사를 놓고 가버린다. 동일의 시야가 점점 흐려진다.

희경의 독방 바닥은 전기가 흐른다. 묶어놓지 않아도 고문이 고조된다. 희경은 몸서리를 치고 치를 떨며 비명을 지른다. 밤새도록 그렇게 시달리다 희경은 의식을 잃고, 간수가 들어와 희경의 얼굴에 얼음과 찬물을 끼얹자 희경은 자지러지게 놀란다.

"우리는 당신 몸에 손을 안 댈 거야! 다만 당신의 선택이 있을 뿐이다! 우리는 칩을 강제로 주지 않는다! 오직 당신의 의지와 선택을 존중한다!"

희경은 몽롱한 눈길로 쳐다본다.

"당신은 이 칩을 받지 않을 경우 우리나라의 범법자로 살게 되지만 이 칩을 받는다면 당신이 상상치 못할 놀라운 혜택을 누릴 수 있고 당신의 안전을 보장 받을 수 있다!"

간수가 칩 하나를 보인다.

"받겠어요!"

지친 희경은 힘없이 말하고 고개를 떨어뜨린다. 순간! 동일의 우렁찬 음성이 들리는 것 같다.

"안 돼! 받지 마!"

김 목사의 얼굴도 떠오른다.

"사랑하는 희경아!"

"아버지!……"

희경은 눈물을 흘린다. 간수는 가져온 소독 거즈를 준비한다.

"생각 잘 했어요! 맞을 때만 조금 따끔해요!"

"잠깐 만요!"

간수가 희경의 이마를 거즈로 닦으려 하는데 희경이 막는다.

"이마보다 손에 해 줘요!"

"손보다 이마가 더 편한데....... 원하는 데로 해요!"

간수는 주사기에 칩과 포도당 액체를 넣어 희경의 오른 손등을 거즈로 닦고 침놓듯이 작은 주사기로 찌른다. 주사 맞듯 따끔하더니 수정 조각 같은 것이 씨눈처럼 박혀 빛난다. 희경은 손등을 보며 미소 짓는다.

"예쁘다! 보석처럼......"

"예쁘죠? 칩의 진가를 좀 설명해 드리지요! 보석보다 얼마나 값진 보물인지 놀랄 거예요!"

"기분 좋네요! 진작 받을 걸......"

"시장하죠? 밖으로 나갑시다!"

간수는 희경을 데리고 별 천지 같은 세상을 보여준다. 대형 레스토랑에 들어가자 희경이 먹고 싶은 음식이 자동으로 테이블에 올라오고 분위기도 희경이 원하는 데로 변한다.

"정말 환상이네요!"

희경은 지옥에서 천국에 이른 것처럼 어제의 고통을 잊어버린다. 식사를 하고 나오는데 계산이나 영수증이 필요 없이 그냥 나간다. 간수가 차를 몰고 온다.

"이 차는 김 회원님 전용차입니다! 이 차에는 센서가 부착되어 이 차 주인집을 찾아가 줄 겁니다!"

"집이요?"

"작은 아파튼데 기본 혜택입니다! 희경 씨가 많은 사람들에게 이 칩을 받게 하면 더 많은 혜택을 누릴 수 있으니까 회원을 많이 만드십시오!"

희경의 얼굴에 희열이 넘친다.

"아! 그래요!"

"그럼, 가십시오! 자! 자유입니다!"

희경이 차에 올라 시동을 걸자 차에서 음성이 들린다.

"안녕하십니까! 주인님을 모시게 되어 반갑습니다!"

희경이 놀라 감탄한다.

"그거 참! 신기하네!"

"주인님! 놀라지 마십시오! 집은 일 번, 사무실은 이 번, 삼 번부터는 주인님이 알려 주시면 입력이 됩니다!"

"집!"

"알겠습니다!"

희경은 저절로 가는 차안에서 기분 좋은 얼굴로 차창밖을 내다 본다. 대형 교회 건물은 범법자 수용소나 연구원으로 변했고 낡은 건물은 로봇이 새 단장을 하고 있다. 사람이 많지 않은 거리의 모습이다.

"집에 도착했습니다! 뉴월드 804호입니다!"

아파트 출구에 들어가는데 음성이 들린다.

"어서 오십시오! 김희경 입주자님! 환영합니다!"

희경이 만족스럽게 엘리베이터를 타고 8층에 내려 그녀의 이름 김희경이라는 문패가 있는 집앞에 이르자 문이 저절로 열리고 아담한 평수의 아파트 안은 마치 작은 천국과도 같다. 쾌적한 실내 공기와 온도, 자동 인터넷 기능을 겸한 TV와 주방기구, 가구들과 모든 것이 다 구비되어 있다.

"이럴 수가!...... 다 있네!"

푹신한 침대도 좋았지만 옷장을 열어보니 희경의 몸 사이즈에 맞는 외출복 몇 벌과 속옷이 들어 있어 희경은 그 만족감이 최고조에 이른다.

"내가 꿈꾸던 세상이야!"

희경이 욕실에 가 옷을 벗고 욕조에 들어가자 자동으로

따끈한 물이 사방에서 나오면서 마사지를 해 준다.

"좋아! 근사해!"

희경은 목욕으로 피로를 풀고 나와 냉장고를 열어본다. 고급 와인과 맥주와 각종 음료수를 보고 이제는 놀라지도 않는다. 와인 한 잔을 마시며 바깥 전경을 보는데 찰라적으로 과거의 기억이 떠오른다. 그녀는 쓴웃음을 짓는다.

"웃겨! 내가 바보였지......"

술기운이 온몸에 퍼져 오르면서 눈앞이 아른거린다.

"동일아!...... 내가 널 구원해 줄게! 기다려!"

희경은 스르르 잠이 든다.

동일은 모든 힘을 잃은 듯 허우적거린다.

"하나님! 날 이제 데려가소서! 주여! 나를 불러주소서!"

동일이 정신을 놓자 간호사들이 링거를 뺀다. 동일은 가늘게나마 하나님을 부르며 견딘다.

은서는 전자 인간 본부에 들어가 그 점수를 받는다.

"한동일을 가입시키지 못했고 살인을 저질러 많은 점수

는 못 준다!"

"알겠습니다!"

은서가 컴퓨터에 몸을 대자 뒷목에 점수가 오른다. 은서는 인공 지능 로봇이다. 인간과 흡사하지만 감정이 없고 부드럽지 못하다. 은서의 기능은 지능이 높고 힘은 일반인보다 강하며 그 눈은 최면 기능까지 겸비한 만능 로봇이다. 그런 특수 로봇은 많지 않다.

동일은 병동에서 점차 회복되어 가지만 온몸에 무력증이 후유증으로 남아 기운이 없다. 동일은 그런 와중에도 하나님을 놓지 않는다.

"내가 사망의 음침한 골짜기를 다닐지라도 해를 두려워하지 않을 것은 주께서 나와 함께 계심이라! 주의 지팡이와 막대기가 나를 안위하시나이다! 주여! 나와 함께 하소서!"

동일은 가까스로 성경 암송을 하며 기도한다. 한숨을 내쉬며 불안해 눈을 감는다.

"희경아! 넌 무사한 거냐?"

"난 무사히 잘 있지......"

동일은 환청을 듣는 것처럼 고개를 흔든다.
"눈을 떠! 나 왔어!"
동일은 눈을 뜨는 순간 놀라고 만다. 희경이 앞에 서 있는데 머리에서부터 발끝까지 달라진 모습은 동일의 눈을 의심케 만든다.
"아니! 너 어떻게 된 거냐?"
"내가 알려 줄 테니 같이 어디 좀 갈까?"
"어딜 가는데……"
희경은 알 수 없는 웃음을 흘리며 동일에게 목발을 준다.
"같이 나가자!"
희경은 동일을 부축해 병원을 나와 자신의 차에 동일을 태운다. 동일은 놀라 어리둥절해 하며 두리번거린다. 희경은 웃으며 동일을 쳐다본다.
"좋지?"
"이게 어찌된 일이야?"
"우리 집 가서 말해 줄게!"
집에 도착한 희경은 동일을 데리고 들어간다. 동일은 연신 놀라며 정신이 없다. 희경은 커피를 동일에게 건넨다.
"마셔! 향이 좋아!"
동일은 커피를 마시며 희경의 눈길을 주시하려 들지만

희경은 동일의 시선을 피한다.

"희경아! 너 혹시......"

"그래! 받았어!"

동일은 벌떡 일어난다.

"뭐야!"

"난 그동안 몰랐어! 내가 추구하는 세상은 죽어서나 가는 곳이라고....... 그러나 나는 보다시피 만족해! 너도 더 이상 쓸데없는 고민 말고 나와 이렇게 살자!"

"너 이럴 수가 있는 거냐?"

동일이 분노를 터뜨린다.

"한동일! 정신 차려! 이건 현실이야! 어쩔 수 없이 너도 받게 될 거야!"

희경이 동일을 잡고 외치자 동일이 뿌리친다.

"아니! 난 안 받아!"

"그래? 그럼, 너와 난 이제 끝이야! 그리고 넌 이제 범법자로 체포될 거야! 안 그러면 못 사니까....... 그렇게 살고 싶은 거야? 잘 생각해 봐! 넌 그렇게 구질구질하게 사는 게 좋은 거야?"

동일은 주저앉아 울부짖는다.

"우리가 이렇게 엇갈리다니... 너와 난 하나님 앞에 같이 갈 줄 알았다!"

"그런 헛소리하지 마! 그건 모두 거짓이야! 그 거짓말이 우리를 둘로 만드는 거야!"

동일이 굳어진 얼굴로 눈물을 거둔다.

"별수 없다! 이제 나는 너와 같이 있을 수가 없다!"

"그래! 그렇구나! 넌 이제 불법 침입자로 체포당하는 거야!"

동일은 대답 없이 눈을 감는다. 동일의 흔들림 없는 모습에 희경은 화를 낸다.

"바보 같은 자식!"

희경이 버튼 하나를 누르자 사이렌이 울리고 곧바로 경찰이 들이닥친다.

"무슨 일 있습니까?"

희경이 등을 돌려 바깥 경치만 본다.

"그 사람 체포하세요! 불법 침입자예요!"

"갑시다!"

경찰은 동일을 끌어간다. 동일은 아무 반항 없이 끌려 나간다. 희경의 서글픈 얼굴이 창가에 비친다.

동일은 보호 감호소에 갇힌다. 동일은 불안감을 떨치듯 한숨을 몰아쉰다.

"나는 희경이를 잃었습니다! 하나님도 희경이를 빼앗기셨군요!"

동일은 쓸쓸히 기도로 자신을 추슬러 간다.

아영과 요셉은 특수 공동체의 모든 훈련을 받는다. 낮에는 각종 훈련과 교육을 받고 밤에는 성경 공부와 기도회를 통해 영성 훈련에 임한다. 두 사람은 다른 부부들 처럼 동거를 하게 되어 오시몬 목사에게 결혼 주례를 부탁하고 야밤에 결혼식을 해 부부가 된다. 요셉과 아영은 서먹서먹하던 관계가 없어진다. 그들은 그렇게 일 년을 보낸다. 부름은 모든 말을 다 표현하고 요셉과 아영은 고되지만 행복한 생활을 한다. 그런 중 태호의 의심이 이들 가정을 질책한다. 태호는 공동체 공동 모임에서 요셉 가정의 문제를 제시한다.

"나요셉 지체 가정을 쭉 지켜 본 결과, 우리와 생활하기엔 부적절한 것 같습니다!"

우석이 반론으로 변호한다.

"아닙니다! 그들은 별다른 문제가 없고 믿을만한 사람들입니다!"

"그들을 살펴 본 결과 문제는 다음과 같습니다! 그들의 신분이 분명치 않고, 동거인으로 살다가 우리에게 와 야밤에 목사님과 셋이서 결혼한 점도 수상하거니와, 성적 문란함도 우려되며 아이가 있는 것도 그렇습니다! 우리는 개인적인 생활을 떠나 오직 우리의 믿음을 지키기 위해 공동체 생활을 자처한 거지 뜨내기를 다 받아 살게 하는 여관이 아닙니다!"

모든 말을 다 들은 안 대장이 무겁게 입을 연다.

"강 실장의 의견도 일리는 있으나 우리 최고의 목적이 무엇입니까? 예수님의 정신을 잃지는 맙시다! 서로를 섬기고 위해서 기도해 주는 마음 말입니다! 불신의 눈으로 형제의 허물을 찾아 잡는 것보다 그런 허물 많은 사람을 변화시키는 일이 우리의 최선이고, 또한 나요셉 형제 부부는 성실해 보이지 않습니까? 좀 두고 봅시다!"

태호는 여전히 불만스럽지만 안 대장의 결론을 따른다.

그러나 세상은 세계를 다잡는 권력에 의해 모든 시스템이 조정된다. 이스라엘의 예루살렘에는 성전이 완공돼 그 봉헌식에서 적그리스도는 그 성전에 모자 신상을 세워 유태인의 거센 탄핵을 받는다. 그러자 적그리스도는 유태인과 및 그 모자 신상을 배척하는 교회들을 크게 핍박 하는데 칩 투입한 모든 사람들을 조정해 이용한다. 칩 받은 사람들은 모든 자율적 신경과 정신 세포가 분열을 일으켜 이성적 판단력과 기본적인 감정을 상실한다. 언행이 난폭하고 잔인해진다. 마치 성경에 나오는 가인처럼 몰인정하고 바벨탑을 쌓던 사람들과 소돔 사람들의 집단적 악함이 그들의 눈을 멀게 하고 그 귀를 둔하게 만든다. 사람을 죽여도 아무 감각이 없고 하나님을 향해 욕설을 내뱉어도 아무런 두려움이 없다. 이런 세상에서 자신의 믿음을 위해 굴복하지 않기 위해서는 생명을 빼앗길 수밖에 없다. 칩 없이는 매매가 불가능하고, 불가피한 병원 치료를 받지 못하자 의약품을 훔치거나 밀수입과 의료진을 납치하다가 범법자로 인식되고그 칩을 거부하는 사람들은 무론 남녀노소 모두 범법자로 처리되어 온갖 고문을 강행하며 사형에 처하게 된다.

방 목사는 이 사모의 오랜 반대에도 결국 시대적 변화에 따를 수밖에 없어 그 칩을 받지만 완전히 딴 사람이 되어 이 사모를 폭행한다.

"야! 넌 내 마누라지 하나님의 마누라가 아냐!"

"뭐예요? 당신! 그 이마에....... 정신없군요!"

"정신없는 건 너야! 잔소리 말고 빨리 그 칩을 너도 받아라! 안 그러면 넌 죽는다!"

"여보! 당신이 이렇게 변하다니......"

이 사모는 방 목사의 발밑에 엎드려 흐느낀다. 방 목사는 이 사모를 위협한다.

"빨리 칩을 받아라! 어서!"

방 목사는 이 사모를 끌고 칩 관리 사무실에 간다.

"내 마누라 칩 좀 찍어줘요!"

"본인이 원하는가? 우리는 강제로는 안 한다!"

이 사모가 안색이 질려 있다.

"안 돼요! 난 안 받아요! 차라리 날 잡아 가둬요!"

직원들은 이 사모를 끌어간다.

"어쩔 수가 없다!"

그들은 이 사모를 감옥에 가둔다.

그동안 평온했던 특수 공동체에 무장군이 침입 해 전투가 강렬하게 벌여진다. 안 대장은 숨지고 태호 등은 부상당한 채 우석은 항복한다. 부녀자들과 요셉, 아영, 부름은 사로잡힌다.

요셉과 태호 등은 남자 보호소에, 아영과 부름 등은 여자 보호소에 갇혀 처벌을 기다리고 우석은 칩을 받는다. 칩을 받은 우석은 이성을 잃고 말없이 태호와 요셉을 가둔 방에 들어 가 막무가내로 부상당한 태호를 갈긴다. 태호가 아무 반항 없이 맞는 것을 본 요셉이 우석을 밀치고 태호를 감싸자 태호가 요셉을 민다.

"그냥 놔둬!"

우석은 손에 작은 칼을 들고 태호에게 덮쳐 태호의 복부를 찌른다.

"윽! 우석아!......"

우석은 멍하니 보다가 사라진다. 요셉이 태호를 끌어 앉자 태호가 숨을 몰아쉰다.

"날 용서해 줘!"

"실장님! 난 실장님을 미워하지 않아요!"

"고마워! 친구의 칼에 맞아 편하게 가서 좋군!"

태호의 씁쓸한 웃음에 회한이 사무친다.

"우리 천국에서 보세! 나 먼저 가네! 만나게 될 걸세! 곧……"

태호는 스르르 잠자듯 그렇게 떠난다.

"이제 나도 곧 갈 겁니다! 잘 가십시오!"

간수들이 태호의 시신을 가져다가 모든 수감자들 앞에서 갈기갈기 찢어 불태운다.

"너희는 정부를 부정하고 불법 신용불량 및 도주죄로 의해 범법자가 되었고, 끝까지 반항할 시에는 어떤 조치로 인해 처형당할 것이다! 그러나 우리가 요하는 칩을 받음으로 우리 뜻을 따른다면 그 동안의 모든 범죄는 삭감되고 일반적 혜택을 누리게 될 것이다!"

살기 위한 본능인가? 고문과 죽음의 공포감에서인가? 간수장의 말을 듣고 대다수의 수감자들이 칩을 받기에 이른다.

급기야 동일의 처형이 이뤄진다. 교수대를 향하는 동일의 얼굴은 야위고 창백하지만 의외로 평온하다.

"내가 살아도 주와 함께!... 내가 죽어도 주와 함께!......"

희경이 동일의 처형 광경을 지켜본다.

"한동일! 지금이라도 칩을 받아! 그럼 넌 나와 살 수 있어!"

동일이 눈을 감는다.

"넌 내게서 이미 떠난 여자야! 난 오직 주님뿐이다!"

희경은 흥분하여 분노를 쏟는다.

"나쁜 자식! 빨리 처형하세요! 더 이상 보고 싶지 않아요! 어서 죽여 버려요!"

동일이 희경을 보며 안쓰러운 웃음을 짓는다.

"희경아! 그래! 가마!"

희경이 격분한다.

"빨리 죽여 버려! 어서!......"

간수들과 관계자들이 동일의 사형을 집행한다. 동일의 얼굴에 두건이 씌어지고 그 목에 오라 줄이 내려온다.

하늘가는 밝은 길이 내 앞에 있으니/
슬픈 일을 많이 보고 늘 고생하여도/

하늘 영광 밝음이 어둔 그늘 헤치니/
예수 공로 의지하여 항상 빛을 보도다

동일이 찬송을 마치자마자 동일의 목이 매달린다. 희경이 돌아서는 순간 한 사내가 희경을 감싼다.

"인규 씨!"

"여기서 그만 갑시다!"

"그래요! 당신은 멋져요!"

"우리 빠른 시일 내에 결혼합시다!"

"당신을 만난 건 내 인생의 가장 큰 행운이에요!"

장교 차림의 인규는 섬뜩하다. 두 사람은 차가운 입맞춤을 한 후 그 자리를 떠난다.

동일의 시신은 곧 바로 불태워진다.

요셉은 고문에 시달린다. 물고문, 전기 고문 등 갖 고문을 가해 비록 몸은 고달프게 하나 그 마음은 흔들 수가 없다. 도리어 요셉은 주변 수감자들의 힘이 되고 간수들의 두려운 대상이 된다. 고문을 하고 해도 굽히지 않는 요셉은 거듭

되는 고문에 이가 빠지고 손톱과 발톱이 뽑히며 한 쪽 눈이 실명되는 몸이지만 지독하리만큼 흐트러짐이 없다. 그러자 간수들은 요셉에게 마약을 투여하고 최면술을 걸지만 마약은 해독되고 최면술은 통하지도 않아 처형시키기로 결정된다.

아영 역시 끌려 나가 고문을 당하다가 어느 날부터인가 고문이 멈추어진다. 고문이 중단되어 오히려 불안감을 준다. 아영은 부름을 안고 성경 이야기를 해 준다.

"스데반 집사님은 예수님을 너무 사랑해서 돌이 막 날아와도 겁나지 않았어! 온 몸에 피가 나도 아프지 않았단다."

"나도 아프지 않아! 나도 예수님이 좋으니까!"

"그래! 엄만 우리 부름이가 스데반 집사님처럼 용감하게 될 거라고 믿어!"

"엄마! 아빠 보고 싶어!"

"아빠 곧 오실 거야! 조금만 더 참고 기다리면 아빠랑 놀 수 있어! 부름이는 착해서 잘 참아요!"

보채는 부름을 감싸 안고 달랜다. 언제 닥쳐올지 모르는 불안한 마음이 아영을 견딜 수 없이 힘들게 하지만, 아영은 가냘픈 여자이기 앞서 한 아이의 엄마이기에 불안함을 나타낼 수가 없다. 가슴 졸이는 긴장! 속으로 삭혀야 하는 두려움은 그녀를 더욱 간절하게 만든다. 시간이 멈춘 것처럼 순간순간이 아영에게는 숨 막히는 고문이다.

"하나님! 우리 부름이를 지켜 주소서! 저는 죽어도 좋습니다! 우리 부름이만은 지켜 주소서! 하나님! 지켜 주소서!"

희경과 인규는 영혼(사탄)을 불러놓고 결혼식을 한다. 두 사람은 옷을 다 벗고 손을 마주 잡고 음탕한 웃음을 흘리며 춤을 춘다.

"좋아! 근사해!"

"당신도 최고야!"

희미한 불빛에서 두 사람이 춤을 추는데 그 사이에 검은 그림자가 또 있다.

아영과 같이 수감된 이들 중에는 임순자 권사가 있는데 임 권사는 모든 여 수감수들에게 안수 기도를 하며 예언 기도를 해 준다. 그러나 아영은 왠지 미덥지 못해 거부하는데 그녀는 부름을 억지로 끌어다가 예언 기도를 한다.

"이 아이 걱정은 말아라! 이 아들은 죽지 않는다! 나는 하나님의 계시를 받은 몸이니 너는 내 말을 들어야 한다!"

"엄마! 무서워!"

아영은 부름을 빼앗고 소리친다.

"왜 이러세요! 아이가 놀라잖아요!"

임 권사는 주위를 둘러보고 아영에게 압박을 가한다.

"너희는 내 말을 듣지 않으면 저주를 받으리라!"

주변 여자들이 웅성댄다.

"저 분은 하나님의 신령한 은사를 받으셨어요! 순종해요!"

"저 분이 누군데 말을 들어야지……"

아영은 부름을 안고 대꾸 없이 부름에게만 속삭인다.

"괜찮아! 우리 부름이는 하나님이 지켜 주셔! 하나님이 지켜 주시면 무섭지 않지?"

"응! 무섭지 않아! 엄마!"

아영은 부름을 달래며 자신의 마음도 달랜다. 그러다가 두 모자는 잠이 든다. 그렇게 잠이 든 지 약 삼십분 후 쯤 간수장의 날카로운 발걸음 소리가 들리고 문이 열린다. 문 여는 소리에 놀라 아영 모자는 잠이 깬다. 간수들이 아영에게 다가온다. 아영은 부름을 더욱 꼭 안는다. 간수들은 무표정한 얼굴로 말없이 한 동안 지켜본다. 아영과 그들의 시간은 멈춘 마냥 너무나 그 골이 깊다. 간수들의 눈과 아영의 눈이 마주친 채 정적의 시간이 무겁게 흐른다. 그리고 간수들은 그냥 돌아간다. 아영은 긴장이 풀리고 놀란 가슴을 쓸어내린다.

전 세계는 혼란함이 증가되고 살인과 거짓의 횡포가 판을 치고 모자 신상은 각종 기적을 보인다. 적그리스도의 정권은 갈수록 사람들을 잔인하게 만든다. 칩에 삶과 죽음이 갈릴 뿐 그 밖의 법적, 물리적 해결 방법이 없다. 유태인 학살은 독일 히틀러의 만행에 비할 수 없다. 유태인들은 죽어가며 예수 그리스도를 만난다. 자신들이 무시하며 부인했던 예수가 자기들의 메시아임을 알게 된다. 칩을 거부하며 혹독한 고문과 잔인한 죽음을 당해도 굴하지 않고, 어린양의 표를 그들의 영혼에 인으로 새긴다.

간수들은 서둘러 발걸음을 옮긴다. 쏜살같이 달려가서

아영에게 달라 붙어 부름을 빼앗는다. 아영과 부름은 악을 쓰고 운다.

"부름아! 우리 부름이 어디로 끌어가는 거야!"

"엄마! 나 무서워! 나 안 갈래!"

"안 돼! 부름이를 끌고 가지 마!"

아영은 목이 쉬도록 울부짖는다. 아영을 붙잡아 누르고 부름을 어디론가 데리고 사라진다. 아영은 울다가 쓰러진다. 의식을 잃은 아영을 간수들이 끌고 어두운 방으로 들어간다. 연이어 남자 장교가 들어온다.

"그냥 두고 가시오!"

간수들이 나간다. 사내는 아영을 일으켜 앉혀 세우고 얼굴을 들어본다.

"윤아영!"

아영은 시야가 희미하다.

"부름이를 돌려줘요! 제발......"

"윤아영! 그래! 내가 누군지 아는가?"

"나는 당신이 누군지 몰라요! 우리 부름이만 내 놔요!"

"나는 전인규다!"

고개를 떨구던 아영은 자신의 귀를 의심하며 되묻는다.

"네? 뭐라구요? 인규 씨?"

"그래! 나 인규다!"

아영은 소스라치게 놀란다.

"왜 이제야 내 앞에 나타난 거야?"

"무슨 뜻이지?"

아영은 흐느낀다. 인규는 아영을 일으켜 세운다.

"윤아영! 뭐야?"

아영은 이 기막힌 만남에 충격이 커 말을 잃은 채 물끄러미 바라본다.

"너도 참 많이 변했더군! 아이 엄마가 되고 말이다! 이제 칩만 받으면 너와 아이는 이 고생을 안 해도 된다!"

"난 그건 못해!"

인규가 알 수 없는 웃음을 흘린다.

"그래? 그럼 별수 없군!"

인규가 간수들을 부르자 그들은 아영에게 마약 환각제를 강제로 먹이고 아영이 흐느적거릴 때 인규가 아영에게 최면을 건다.

"너도 아들과 행복하게 살고 싶지 않은가?"

"아니! 난 오직 예수님 안에서 사는 게 내 행복이다!"

"너와 아이가 행복하게 살 길이다!"

"사탄아! 물러가라!"

아영이 그 옛날 농담처럼 말한 것이 인규의 기억에 스친다. 간수들이 더 강한 마약을 주사하려 들자 인규가 말린다.

"그만 둬! 이런 식으로는 안 되겠어! 내가 처리하겠어! 애를 데려 와!"

간수들이 부름을 안고 온다. 인규가 명령을 내려 밖으로 아영과 부름을 끌어 내친다. 요셉도 맞은편에 끌어다 앉힌다.

"여보! 부름아!"

요셉이 먼저 알아보고 기어온다. 부름이 요셉 품에 안긴다.

"아빠! 어디 아파?"

"아니! 아빠 괜찮아! 우리 부름이가 너무 보고 싶어서 넘어진 거야!"

"아빠 다쳤어? 내가 호 해 줄게!"

인규가 부름을 고기 들 듯 한 손으로 집어 든다. 요셉과 아영은 몸부림치며 소리치고 부름은 인규의 손에 매달려 울어댄다.

"안 돼! 우리 부름이 놔 줘!"

"부름아!"

간수들이 요셉을 곤봉과 장대쇠파이프로 패서 꼼짝 못하게 한다. 무정한 인규는 한 쪽 주머니에서 라이터를 꺼내 든다. 아영이 겁에 질린다.

"무슨 짓이야! 무슨 짓을 하려고 그래?"

아영이 몸서리치며 외치는데 희경이 박수를 치며 나타난다.

"좋은 구경거리 났네!"

아영은 희경을 보고 연신 놀란다.

"언니!"

"이게 누구야?"

희경이 인규 옆에 다가서 그 어깨에 얼굴을 갖다 대며 미소 짓는다.

"자기! 너무 힘들겠다!"

아영은 너무 기가 막혀 쓰러질 것 같다. 그러나 아영은 필사적으로 희경에게 매달린다.

"언니! 제발 부름이를 살려줘요! 언니도 은지를 잃은 아픔이 있잖아요?"

"얘가 왜 이래? 야! 그럼 너도 칩 받아! 어서!......"

아영은 주저앉는다. 차라리 평생 만나지 말았으면 더 좋을 뻔 한 만남! 이 저주스럽고 당혹스러운 만남에 아영은 할 말이 없다.

"언니! 그건 안 돼요!"

인규의 눈빛이 무정하다.

"그래? 그럼 하는 수 없군!"

인규는 웃음을 흘리며 라이터의 불을 켠다. 아영은 자지러지게 소리 지른다.

"무슨 짓을 할려는 거야?"

"너희가 그렇게 계속 고집을 피우면 이 아이는 너희 눈앞에서 불에 타 죽는다!"

아영이 비명처럼 외친다.

"당신 미쳤어? 어떻게 그런 짓을 해?"

"난 한다!"

인규가 라이터 불을 부름의 옷자락에 붙이려는 순간! 아영이 힘을 다해 소리친다.

"그 아인 당신 아이야!"

순간 인규의 웃음이 사라지고 그의 얼굴은 백지장 처럼 창백해지면서 굳어진다.

"무슨 말이야?"

"당신과 헤어지기 전날 밤...... 당신이 구치소에 가기 전......"

요셉도 놀라 힘없이 입을 연다.

"여보!"

세 사람은 모든 시간이 정지 된 것처럼 그 자리에 머물러 있다. 이 순간은 그들에게 악몽처럼 끔찍하고 지옥의 불길과 같이 고통스럽다. 팽팽한 긴장감에 눌려 그냥 그렇게 정지될 수밖에 없다. 인규는 손에 쥔 라이터를 떨어뜨리고 만다. 숨조차 멈춰버릴 듯한 때에 희경이 그 정적을 깬다.

"자기! 재밌네! 충성해야지!...... 뭘 그렇게 고민을 해?"

희경이 라이터를 주워 인규 손에 들려준다.

"당신의 충성심을 보여줘!"

아영이 놀라 악을 쓴다.

"안 돼! 하지 마!"

요셉은 이 참담한 광경을 보며 흐느낀다. 그리고 찬양을 부른다.

믿는 사람들은 군병 같으니/

앞에 가신 주를 따라 갑시다/
우리 대장 예수 기를 가지고/
접전하는 곳에 가신 것 보라/
믿는 사람들은 군병 같으니/
앞에 가신 주를 따라 갑시다//

요셉이 찬송을 부르자 부름이 울다가 울음을 멈추고 따라 부른다. 아영이도 흐느끼며 같이 부른다. 이들 가족은 죽음도 초월한 듯하다. 마치 보이지 않는 군사들이 싸고 지켜주는 것을 느끼며 더욱 비장한 군인처럼 호령하듯 찬송을 부른다.

"아주 예수에게 단단히 미쳤군! 애까지 세뇌시켜서!....."

인규가 헛웃음을 지으며 빈정댄다.

"아빠! 엄마! 나 하나도 겁 안나! 스데반 집사님처럼 할 수 있어!"

성령이 부름을 강하게 붙들어 주심을 아영과 요셉은 느낀다.

"하나님! 감사합니다! 아들을 바칠 수 있는 기회를 주신 하나님을 찬양합니다! 예수께서 십자가에 죽으실 때 마리아의 마음처럼 제 마음도 아프지만 이제 저 아들은 제 아들이 아닙니다! 하나님의 아들이니 뜻대로 하소서!"

요셉도 같이 기도한다.

"우리 아들을 먼저 보냅니다! 우리의 마음을 붙잡아 주소서!"

아영이 근엄하게 찬송을 부른다.

갈보리 산 위에 십자가 섰으니 주가 고난을 당한 표라/
험한 십자가를 내가 사랑함은 주가 보혈을 흘림일세/
최후 승리를 얻기까지 주의 십자가 사랑 하리/
빛난 면류관 받기까지 험한 십자가 붙들겠네//

아영과 요셉이 점점 담대하고 힘이 치솟는 것을 보는 인규와 희경, 간수들은 겁에 질린다. 그야말로 영적 싸움이 붙은 셈이다. 성령과 악령의 전쟁이다. 육체를 벗어난 싸움! 사탄은 몸을 죽이는 것이 모든 결론이나 성령의 능력은 무한대의 힘이다. 몸은 죽일 수 있어도 그 영혼을 멸망케 못하는 그 힘이 부름과 아영을 주장하려 해도 공포나 슬픔이 없다. 이것이 바로 초인적 능력이며 모든 힘에 뛰어난 힘이다. 이 힘에 휩싸여 인규의 몸이 떨린다.

"이것들이 완전히 돌았군!"

인규가 무슨 조정을 받듯 명령을 내린다.

"애를 묶어!"

간수들은 부름을 묶는다. 아영과 요셉도 수갑으로 채운다. 인규가 라이터 불을 켠다.

"잘 봐라! 너희 고집이 부른 화다!"

인규가 라이터 불을 부름 옷에 붙이자 부름이 소리를 지른다.

"괜찮아!"

부름은 울부짖으면서 괜찮다는 말에 아영의 몸과 마음도 타는 듯 하다. 부름의 본능적 비명에 인규가 광기 어린 웃음을 웃는다. 요셉은 절박하게 기도한다.

"하나님! 우리 부름을 구원해 주소서!"

"닥쳐라!"

인규가 구두 발로 요셉의 입을 찬다. 테이프로 입을 붙여 기도나 찬송을 못하게 하고 눈에도 테이프를 붙여 눈을 감지 못하도록 고정시킨다. 약 십 여 분간 부름의 비명이 들리더니 부름의 비명 소리가 멈춰지고 부름의 온 몸은 불길에 휩싸여 그 타는 연기가 자욱하다.

"어떠냐?"

인규는 무슨 과시라도 하는 것처럼 호통을 친다. 희경이 인규의 어깨에 묻은 부름의 재를 털어 준다.

"자기는 역시 멋져! 아주 대단해! 또 정리해야지?....."

희경이 고개 짓으로 요셉을 가리킨다.

아영은 테이프로 입을 봉해서 소리도 못 지르고 눈물만 하염없이 흘린다. 어린 아들이 눈앞에서 불태워 죽는 모습. 그것도 친부가 자식을 무자비하고 참혹하게 죽이는 광경을 지켜보는 괴로움이 가슴에 사무친다. 그 고통은 자신의 눈을 파버리고 싶은 심정이며 인규에 대한 미움보다 그 영혼을 악마에게 팔아넘긴 인규가 오히려 불쌍하게 여겨진다. 비인간적인 행위에 아영이 통탄해 할 때 인규가 다시 명령을 내린다.

"저 자식을 처형하라!"

인규의 명령이 떨어지자 상처투성이인 요셉을 끌어낸다.

"이 새끼는 가능성 없으니 공개 처형해!"

살인을 즐기며 살인에 걸신 든 양 인규는 악마의 얼굴처럼 광기가 서려 있다. 피에 굶주린 무리가 무슨 생각이 있는가? 희경은 어디선가 큰 장검을 가져다가 인규에게 준다.

"이거 어때? 안성맞춤이야!"

인규가 장검을 받아들고 호령한다.

"이 처형도 내가 직접 집행하겠다!"

간수들은 모든 수감자들을 모으고 바리게이트를 쳐 접근을 막는다.

"너희는 똑똑히 보고 스스로 알아서 결정하라! 칩은 생명이며 모든 권리의 상징이다! 지금 이 자는 칩을 거부해 죽음을 자처하는 것이다! 칩을 계속 거부하면 이 자처럼 누구든지 개죽음을 당한다!"

인규는 요셉에게 다가가 요셉의 턱을 발로 들어 올린다.

"이제라도 칩을 받아라!"

요셉은 고개를 흔들어 자신의 뜻을 굽히지 않는다. 그러자 인규는 빈정댄다.

"그래? 그럼 너도 죽어라! 내가 너를 죽이는 게 아니라 네가 믿고 따르는 예수가 너를 죽이는 것이다!"

인규는 장검을 뽑아 쳐든다. 아영은 소리 없이 눈물만 흘리는데 요셉 옆에 계시는 예수가 보인다.

"내가 데리고 가는 것이니라! 죽음이 끝이 아니다!"

부름이 그 품에 안겨 미소 짓는 환상을 본다. 아영의 얼굴이 평온해 진다.

"똑똑히 봐라!"

인규의 호통과 함께 인규는 장검을 내려친다. 요셉의 목이 잘려 떨어지면서 그 피가 인규의 온 몸에 튀기고 아영과 주위 사람들 얼굴에 까지 튄다. 아영은 모든 상황에 지쳐 의식을 잃는다.

"정신 차리게 물이라도 좀 끼얹어!"

희경이 악을 쓰듯 앙칼지게 소리 지르자 간수 중 하나가 물 한 양동이를 아영의 얼굴에 퍼붓고 아영은 경련을 하며 깨어난다.

"남편의 임종은 봐야지?....."

희경이 또 빈정대며 요셉의 머리를 잡아들고 아영의 눈앞에서 흔든다. 아들은 시커먼 재로 남아 아직도 그 살이 타는 냄새가 남아 있고, 또다시 남편 요셉의 처참한 죽음 앞에 기가 막혀 하나님과 스스로를 저주 할 아영의 비통한 모습을 기대했으나 아영은 너무나 담담하여 보는 이로 더욱 두렵게 만든다. 그 모든 끔찍한 광경을 지켜보던 임순자 권사와 대다수의 수감자들은 겁에 질려 항복을 선언한다.

"칩을 받겠습니다!"

"잘 생각했어! 너희는 이제 자유를 얻는 것이다!"

인규는 호의적인 어투로 말한다. 그들은 칩을 이마에 받고 기뻐하며 떠나고 이제 남은 소수의 사람들에게 심한 갈

등을 더해 준다. 인규는 광인처럼 웃다가 아영에게 가서 그녀 입에 붙인 테이프를 잡아 뜯어 버린다.

"어디 소감 좀 들어 볼까?"

"모든 것에 승리를 주신 하나님! 감사합니다!"

인규의 안색이 변해 간다.

"아직도 정신을 못 차렸군!"

"당신들은 우리를 죽이는 것으로 승리한 거라고 알지만 우리 영혼을 어쩌지는 못해! 더 이상은 아무 것도 할 수 없어! 나를 구원하신 예수님의 사랑을 빼앗지 못해! 승리는 당신들이 한 게 아니야! 우리 예수님이 이기신 거야!"

"닥쳐라!"

인규가 더 겁에 질려 아영의 뺨을 갈긴다. 이제 그들의 힘은 바닥이 나서인가? 아영의 당당한 눈빛을 모두 피한다. 인규의 눈빛에 초점이 없다.

"끌고 가!"

남은 수감자들과 아영은 다시 갇힌다. 인규는 숨을 몰아쉬며 쓰러진다.

"지독한 것! 두고 봐라!"

"뭘 그렇게 신경을 써!"

희경이 인규를 감싸준다. 그러나 진정한 참패는 죽음을

당한 측이 아니라는 것을 알고 있기에 인규는 치를 떠는 것이다.

인규는 자신의 집에 돌아 와 초저녁부터 독한 위스키로 악몽을 잊어 보려고 애를 쓴다. 그러나 술로 털어 낼 수 없다. 인규는 괴로움을 못 이겨 마약 주사를 자신의 팔에 꽂는다. 환각의 힘에 의지해 잠이 든다. 희경이 옆에 있어도 그 불안을 덜지 못한다. 깊은 잠을 못 이루는 인규! '무엇이 나를 이렇게 불안에 떨게 하는가?' 인규는 잠을 못 자고 새벽녘에 일어나 몽유병 환자처럼 어디론가를 향해 달린다.

인규의 발길이 멈춘 곳은 아영이 있는 교도소다. 인규가 도착하자 신분이 자동 확인되어 문들이 저절로 열리고 아영의 독방에 이르러서도 문이 열린다. 잠자고 있는 아영을 지켜보다가 아영의 뺨을 사르르 더듬어 만진다. 아영이 자다가 눈을 뜬다. 아영이 놀라 일어나 인규의 손길을 피한다. 긴장감이 고조된 상태에서 인규가 아영 앞에서 무릎을 꿇는다.

"아영아! 날 용서해 줘!"

"이게 무슨 짓이야?"

"나 몰랐어! 정말 몰랐다! 그 애가 내 아들인지!...... 나를 제발 용서해 줘!"

인규가 아영에게 매달리려 든다.

"이러지 마!"

"사랑한다! 아영아! 사랑해! 우리 다시 잘 해 보자! 그래서 그 아이와 같은 아이 더 낳자!"

인규는 징그러운 짐승처럼 아영에게 애원하며 달라붙는다. 그런 인규를 힘을 다해 밀친다.

"난 당신이 싫어!"

인규가 고개를 돌리며 쏘아본다.

"왜 싫어?"

인규가 아영에게 달려 들어 겁탈할 듯이 옷을 찢는다.

"그래! 내 몸도 짓밟아라! 내 육체는 당신 뜻대로 할 수 있어도 내 영혼은 못 건드린다!"

정색을 하고 당당히 말하는 아영을 보자 인규는 몸을 떨며 아영에게서 떨어진다.

"내 영혼은 예수 그리스도께서 잡고 계신다!"

"닥쳐! 그만 해!"

인규가 아영의 머리를 쳐 아영은 의식을 잃고 쓰러진다.

인규는 자신의 품속에서 마약 주사를 꺼내 떨리는 손으로 아영 팔에 찌른다.

의식을 차린 아영은 송곳니 안에 든 해독제를 혀로 열어 꺼내 삼킨다. 인규는 아영에게 최면을 걸려 한다.

"아영아! 너는 나를 사랑하게 될 것이다!"

"간악한 사탄아! 너는 날 흔들 수가 없다! 나의 주 예수 그리스도의 이름으로 너를 지배한다! 네 세력은 곧 무너지고 예수 앞에 굴복 당하리라! 너는 이제 멸망하리라!"

인규가 아영에게 거꾸로 압도당한다.

"너희 힘은 다 하였고 너희의 꿈은 다 끝났다! 예수가 이기신다! 곧 어린양의 심판으로 모든 것이 증거되고 다 드러나리니 어린양을 찬양하리라!"

아영은 성령에 충만하여 오히려 승리자의 모습이고 인규는 패배자의 꼴이다.

"시끄러워!"

인규가 정신을 차리고 나 주위를 살피니 날이 밝아 아침이다.

"너는 이제 죽는다!"

"나는 죽음이 두렵지가 않다! 당신은 내 몸을 죽여도 내 영혼은 못 죽인다!"

"그만! 영혼이니, 예수 타령은 그만 해!"

"오! 할렐루야! 만유의 주 하나님을 찬양하라! 그의 심판이 시작되고 그 영광을 다 보리라! 그 아들 예수께서 다스리시는 나라에 나는 참여하리라!"

인규가 소리친다.

"끌어가서 처형해 버려라!"

"나는 가리라! 눈물로 바다를 이루고 죄악의 사슬로 나를 가두는 이 세상을 떠나 참 기쁨이 나를 춤추게 하고 참 자유가 나를 날게 하는 하나님 나라로 나는 가리라!"

간수들이 나타나 아영을 묶어 끌고 나간다.

"육체의 죽음은 끝이 아니다! 지옥의 불길도 나를 삼키지 못하며 사망이 나를 더 이상 죽이지 못하리라! 내 영혼을 영생하게 하시는 예수께로 나는 가리니 그 안에서 내가 영원히 살리라! 세상은 나를 죽여도 그 나라 나를 영원히 살게 하리라!"

아영은 기도와 찬양으로 끌려가지만 승리자의 모습이며 아영을 처형하러 끌고 가는 인규와 간수들은 두려운 그늘에 덮여 패배자의 얼굴을 감출 수가 없다. 마침내 아영은 사형장에 이르러 더욱 큰 소리로 외친다.

"죽음은 끝이 아니다! 죽음은 또 다른 생명의 시작이다! 예수님과 죽어 예수님과 살리라!"

아영의 얼굴에 두건이 덮인다. 애원하는 쪽은 아영이 아니라 인규가 되고 만다.

"아영아! 제발 그러지 마라! 이렇게 죽을 수는 없잖냐?"

"아니! 나는 이 영화로운 특권을 절대로 양보 못한다! 할 일을 다 해! 나는 예수님과 사는 것이다! 나는 예수님 죽으심과 그의 부활을 믿는다! 나의 믿음은 변치 않는다!"

아영의 목에 오랏줄이 매이고 인규는 눈물을 흘린다.

"별 수 없구나! 아영아! 미안해!"

"내 육체는 죽어도 나는 다시 살리라!"

아영의 말이 끝나자마자 아영의 목이 달리고 인규는 그 자리를 떠나며 문을 닫는다.

"아영아! 육체는 죽여도 영혼은 못 죽인다고....... 그래! 가라!"

인규는 씁쓸한 웃음을 짓고 하늘을 쳐다보며 인규는 외친다.

"난 너희가 더 무섭다! 너희가 믿는 예수가 정말 무섭다!"

인규는 패배자의 고뇌를 떨치지 못하고 쓸쓸히 어디론가 사라진다.

세상은 혼란과 죄악이 가득하여 스스로를 자해하며 전 세계는 큰 전쟁이 터지고 암흑의 시간을 보낸다. 아무리 불을 밝히고 밝혀도 그 어두움을 몰아내지 못한다. 이처럼 사람들 마음 속 깊은 어두움도 몰아낼 수 없다.

그들이 그동안 쌓아 온 기술과 업적이 순간에 무너져 버리고 그 자랑스러워했던 모든 것이 사라져 탄식과 슬픔이 사무친다. 세상은 그 갈 길을 다 가고 그 모든 일을 다 마친 것이다. 더 행복해지고 더 월등해 하나님의 자리를 탐낸 죄악의 대가인 셈이다.

세상에는 항상 두 가지가 공존했다. 선과 악, 진실과 거짓, 생명과 죽음이 있었다. 그러나 악은 지배당하고 거짓은

다 드러나며 죽음은 끝이 난다.

두 가지 표는 전자 칩에 관한 문제만은 아니다. 사람에게는 양단간에 선택과 결단의 결정을 피할 수 없을 때가 주어진다.

"가느냐? 가지 않느냐? 받느냐? 받지 않느냐?"

그러한 갈등으로 역사는 변하고 세상은 흔들린다.
그러나 그 선택마저도 예정된 선택임을 부인할 수 없다.

"하나님이 세상을 이처럼 사랑하사 독생자를 주셨으니 이는 저를 믿는 자마다 멸망치 않고 영생을 얻게 하려 하심이니라. 하나님이 그 아들을 세상에 보내신 것은 세상을 심판하려 하심이 아니요 저로 말미암아 세상이 구원을 받게 하려 하심이라. 저를 믿는 자는 심판을 받지 아니하는 것이요 믿지 아니하는 자는 하나님의 독생자의 이름을 믿지 아니하므로 벌써 심판을 받은 것이니라. 그 정죄는 이것이니 곧 빛이 세상에 왔으되 사람들이 자기 행위가 악하므로 빛보다 어두움을 더 사랑한 것이니라, 악을 행하는 자마다 빛을 미워하여 빛으로 오지 아니하나니 이는 그 행위가 드러날까 함이요 진리를 좇는 자는 빛으로 오나니 이는 그 행위가 하나님 안에서 행한 것임을 나타내려 함이라 하시니라."
(요한복음 3:16-21)

세상에는 두 가지 표가 있다.
당신과 나에게도 두 가지 표가 있다.

등장인물

윤아영 (청순가련의 이십대 중반의 미혼 직장 여성에서 삼십대 초반의 결단력 강한 여인)
나요셉 (신사적이고 모범적인 이십대 후반의 청년에서 심지가 굳은 삼십대의 건강한 남자)
한동일 (사교성 좋은 이십대 후반의 건달에서 삼십대 중반의 심지가 굳은 사나이)
김희경 (이십대 중반의 강인한 성격의 피아니스트에서 삼십대 중반의 나약한 성격)
전인규 (이십대 후반의 신용 불량자에서 삼십대 중반의 포악한 특수 직업군인)
김바울 (후덕한 오십대 후반의 목사이자 희경의 친부)
손순옥 (사십대 후반의 소아마비 장애를 가진 김 목사의 후처)
최원철 (삼십대 중반의 신실한 목사에서 사십대 초반의 배교자)
한동희 (동일의 한 살 아래 여동생으로 리더십이 강한 여성)
서지나 (아영의 친구이며 요셉의 약혼녀로 다정다감한 여성)
방용범 (육십 대의 권위적인 목사)
이신애 (오십대 후반의 방 목사 사모로 현모양처)
방안나 (이십대 초반의 착한 아가씨로 목사의 외동 딸)
나광석 (육십 대 초반의 농민으로 요셉 부친이자 장로)
윤부름 (만 3세 된 아영과 인규의 아들)
박은서 (미녀로 인조인간)
안영환 (특수 공동체 대장)
황우석 (특수 공동체 대원)
민태호 (특수 공동체 대원)